眼淚是灰燼裡的鑽石

愛後即焚／戀人的最高機密檔案。

吳若權

每一次的愛情，都是一次生死輪迴。

所以，現在就當作我們相愛在彼此的最後一世吧，

無論之前我們錯過了多少，也不要期待來生再彌補些什麼，

只求無怨無悔、無憾無恨地盡情相愛一場，就已經足夠了。

自序——

愛後即焚
眼淚是灰燼裡的鑽石

愛未來時，不強求；愛要走時，不強留。
心再軟，也要勇敢。在熱烈付出的同時，擁有讓自己不受傷的能力。
相愛，預留轉身的餘地；分手，不留遺憾的痕跡。

你曾經為愛落淚嗎？永遠要知道，那些流過的眼淚，在熱愛燃燒殆盡以後，將化為藏身在灰燼裡的鑽石。每一顆眼淚，都是經過傷心鍛鍊的閃亮鑽石，將璀璨於你往後的幸福人生。

總要遇過幾個人、經歷幾件事，我們才終於知道：每次面對一段感情，都是交付自己去完成一項不可能的任務。無論這段感情維持了多久、至今是不是還在一起、彼此還有沒有依戀……各種形式的結局，完全不影響你在愛戀過程中，對自己勇敢地付出的讚嘆。

只不過一路走來，傷痕累累的你，疑惑地問自己：「如果有機會再讓我遇上一個人、談一段感情，我還有沒有當年的勇氣？」

是啊，當年的勇氣。當年，是在你幾歲的那一年？十七歲的欲拒還迎、二十歲的義無反顧、三十歲的蓄勢待發、四十歲經驗豐富、五十歲的隨緣自在、六十歲的百般珍惜、七十歲的感恩知足……

在愛情面前，你是年紀漸長，愈有智慧，還是累積滄桑、裹足不前？

多麼希望每一次愛來的時候，就像湯姆．克魯斯（Tom Cruise）主演的電影「不可能的任務」（Mission Impossible），收到一卷提示任務的錄影帶，然後閱後即焚。裡面的內容，是情人間得以幸福相處的最高機密檔案，你曾經努力地策勉自己，過目不忘，然後在相愛的互動中，既驚險又享受地擁抱所有的歡愉與悲傷，直到有一天，不得不分離，或是很幸運地，你認為兩人可以永遠在一起，最後，連這樣的幸福百科都可以捨棄。因為所有珍貴的記憶，其實都已經存在心底。

閱後即焚，是當代電腦網路科技的新觀念。瀏覽網頁過後，逐一清理。我們不再需要長期擁有太多圖文資訊，無論是幸福的喜悅、或失落的悲傷，都只在當下發生而已，允許它隨著時光流去。

愛未來時，不強求；愛要走時，不強留。不用特別記得；因為從未忘懷。不要因為承載太多往事、學會太多道理、流過太多眼淚，讓美好或傷心的記憶，成為讓自己再愛一次的障礙。如同我說過的：「真正的愛，不是在一起時，你能對他有多麼好；而是有一天，若必須分離，你能甘心情願地放手。」無論是放走他、或放下自己。所有的發生，都是為了讓我們學習成長。相愛的時候，且行且珍惜；當愛已逝去，且行且跨越。

於是，我們願意灑脫，讓心自由。

愛後即焚。心再軟，也要勇敢。正因為遇過幾個人、經歷幾件事，我們才終於學會：相愛，預留轉身的餘地；分手，不留遺憾的痕跡。在熱烈付出的同時，擁有讓自己不受傷的能力。即使感情必須結束於其中一方的捨棄，都能把傷心鍛鍊成勇氣。

這一次堅強，是為了下一次柔軟！永遠不要失去愛的能力。不論愛過幾個人、分手過幾次，都要保有自信。離開的時候，把幸福留在當初許諾的原地；即使千山萬水，都能找回莫忘初衷的自己。

《眼淚是灰燼裡的鑽石：愛後即焚——戀人的最高機密檔案》是我的第１０１部作品，收錄戀人相愛所需要的四個最高機密檔案、五十篇將感情經驗淬鍊成鑽石級智慧的觀點，獻給愛過以後，仍想要繼續勇敢的你。

目錄

1 愛還在，就忘不了那些事

2 打包後，把自己還給自己

3 走遠了，感謝曾經的相遇

4 還擁有，牽了手就不放手

PART ONE

愛還在，就忘不了那些事

原來，在你愛上我的那一刻，我曾經如此動人，連我自己都未曾發覺。

即便是情人眼裡出西施也好，是你因為內分泌催化產生錯覺也好，對於那一瞬間的光芒萬丈，多年以後的我，總是心存感謝。多麼希望，美好的愛情，讓瞬間變成的永恆，

不只存在你心底，而是保留在現實中，讓我因為你的愛，能量俱足，亮麗光彩。

永遠記得
我愛你。

直到有一天對方轉身離開，愛只能留在心底，
我才悄然憶起這句「永遠記得我愛你。」
內心頓時浮上的惆悵、溫馨、不捨、與遺憾，真是百感交集。

✳

小時候她被送去學舞蹈，剛開始很有興趣，也很耐摔，不管跌過幾次，都不會哭。

回家後，爸爸看到她腿上的瘀青，以及她堅強忍痛不哭的表情，心疼地抱著她，在她的耳邊輕聲說：「永遠記得我愛你。」

再大一點，幾次參加比賽，都名列前茅，她開始有了得失心。針對艱難的動作，不斷反覆練習，發現自己一直無法做到心目中的完美，常在夢中哭醒。

最疼愛她的爸爸無能為力，只能緊緊抱著她說：「永遠記得我愛你。」

她那時年紀真的好小，尚未經歷人生的別離，只是感動於爸爸常

在關鍵時候說出的這句「永遠記得我愛你」，雖然知道這句話是她的依靠，也可以給她力量，卻不知道說這句話的人，內心有多少心疼、不捨、和無奈。

長大以後，她愛過幾個男人，經過幾次離別，無論對象是誰，卻從來沒有人對她說過這句話：「永遠記得我愛你。」他們通常只是很盡力地說出：「我愛你！」用來表達當時的愛意、或交換彼此的信任，甚至得到她的身體。而她也因此漸漸生疏了「永遠記得我愛你」這句話裡隱藏的深情與祝福。

直到她遇見他，總在她最難過、最不安、最無助、最挫折的時候，對她說出這一句「永遠記得我愛你」重新讓她回憶起小時候爸爸無條件的付出、以及那份藏在話語裡的堅定不移。

而這個男生也曾在犯錯時，為了請求她的原諒，說出：「永遠記得我愛你」讓她既心痛又感動。

是的，如果她真的能夠「永遠記得我愛你」，眼前的是非對錯，或誤解誘惑，就都不重要了。

原來，「永遠記得我愛你」有這麼豐富的層次。愛到深處，才會明白，那是相信、承諾、依賴、原諒、和解的通關密語，是戀人之間，最親密、也可能會是最心痛的一句。

當愛還在的時候，我不需特別用力去記住對方的愛，也不會需要刻意去忘記，因為愛就在我的眼前、我的身邊。直到有一天對方轉身離開，愛只能留在心底，我才悄然憶起這句「永遠記得我愛你。」內心頓時浮上的惆悵、溫馨、不捨、與遺憾，真是百感交集。

或許，我寧願你只說「我愛你！」而不用說「永遠記得我愛你。」因為我希望你永遠在我的眼前、在我的身邊，而不只是在我的心底。

然而，終究有一天，每個人都必須面對人生最後的別離，於是透澈懂得了珍惜對方曾經溫柔地說過的這一句：「永遠記得我愛你。」

【我愛你】：需要加上「永遠」等時態才有意義的戀人詞彙。

偷不走的美好時光。

我們常感嘆美好的時光過去了，卻從未想過：
在那些不斷消失的時光中，自己改變了多少？
並非時光真的那麼無情無義，
而是我們對自己不夠真情真性。

✦

沒有得到的東西，可能是最好的。因為我們永遠會在心中，存著一份完美的嚮往。而最美好的時光，卻可能都過去了。因為我們總在記憶中，不斷玩味那些永遠回不來的畫面。即使其中曾有過一點遺憾，都被逝去的時光朦朧美化得像是毫無瑕疵。

尤其曾經有談過幾段戀愛的人，後來維持單身很多年，必定其中有段逝去的感情令他非常懷念。甚至每當他有機會碰到一個可能發展戀情的對象，都會把那段美好的時光拿來做個比較。於是，那段永遠回不來的時光，成為他感情中的一枚榮耀徽章，也可能是很大的一塊絆腳石。

即使他年紀沒有多大，甚至還沒年過三十五，都常會在不經意中老氣橫秋地講起「想當初我們在一起的時候……」怎樣怎樣。其實陪同他走過那段戀情的朋友都會知道，他所說的那段日子並不真正完美，甚至還有些遺憾。但有時候反而因為愈多遺憾，愈令他愈難忘。

我並不特別迷信星座，但身邊確實有幾位土象星座的朋友，很容易執著於過去。後來深入了解對方的經驗與感受，發現有時候那是一種逃避現實的心態。

以古非今，不只是時事評論常用的老梗。很多人在談及自己過去的戀情時，也不免掉落這個陷阱。

我聽過無數個朋友說起類似的經驗。印象最深刻，也最爆笑的，莫過於一個女孩跟我說，大學時初戀男友都用腳踏車載她去上課，而剛分手的前任男友很愛騎自行車，卻從來都沒有想過要載她。

起初，我也很替她感到有點失落。但是，她的好友偷偷告訴我，她大學時不到四十公斤，現在已經超過五十公斤。

確實如此啊，我們常感嘆美好的時光過去了，卻從未想過：在那些不斷消失的時光中，自己改變了多少？

並非時光真的那麼無情無義，而是我們對自己不夠真情真性。如果沒有用最真實的態度面對現實，就看不到自己眼前的美麗。最美的時光，誰都無法偷走。它就在此刻的當下，當我們足夠愛自己，願意珍惜與把握，時光就用最美的姿態經過。

【如果】：用以說明過去美好時光，以掩飾後悔心情的發語詞。

世界上最溫暖的地方。

如果曾在最冷的冬天，開始一段最深的熱戀，
將會知道：世界上最溫暖的地方，是彼此的懷抱。
兩倍於三十七度的體溫，所纏綿出的熱情，爆出巨大的能量。

台北寒流來襲，氣溫降到攝氏十度以下；電話彼端，是住在吉隆坡的朋友，她說：「這裡熱到爆，我每天都有快中暑的感覺。」和好友身處冷與熱兩個極端的地點，聊天時各自周邊的氣氛，像是理性與熱情的交錯。

她沒來過台灣，但很嚮往。她想體會：冷到發抖，究竟會是怎樣的感覺？

夏蟲，不可語冰？（出自《莊子．秋水》：「夏蟲不可以語於冰者，篤于時也。」）意思是說：無法對生長在夏天的昆蟲，談論冰凍是什麼。比喻時間會局限一個人的見識；也暗喻見識短淺。

我當然不會如此失禮地用這個比喻對待朋友，更何況她沒有經驗過寒冷的體會，是因為生長環境的地理位置差異，所造成的隔閡，並非她不願意學習或成長。而且，冷與熱，若只是來自感官的覺察，還是不免流於膚淺；真正對冷與熱的深刻體驗，其實是深愛過的那顆心。

如果曾在最冷的冬天，開始一段最深的熱戀，將會知道：世界上最溫暖的地方，是彼此的懷抱。兩倍於三十七度的體溫，所纏綿出的熱情，爆出巨大的能量。

而相對的是，無論任何季節，若一段戀情即將結束於對方的謊言與背信，他的胸膛也將會是最令你寒顫的地方。即使存在與彼此之間的回憶，還殘存著餘溫，他的無情無義，足夠讓你不寒而慄。

唯有經歷過感情的滄桑，我們才學會真正的體驗：原來，世界上最溫暖、與最寒冷的，最熟悉、與最陌生的，竟都是同一個地方。

無論是彼此的懷抱、或者是對方的胸膛，那些我們所依戀、或憎恨的，都是因為愛的牽絆。

趁熱情還在的時候，懷抱彼此之間的那份溫暖，除了學習如何不被燙傷、還要保持溫度恆常，才不會讓世界上最溫暖的地方，轉眼變得蒼涼。

【體溫】：一般指生物的身體溫度，但不包括愛人冷淡時，那心裡所了然感受到的冰點。

愛，沒有極限。

世間真正的最愛，
將會存在於你距離真心最近、也最遠的地方。
擁有的時候，要多珍惜；
失去以後，捨得懷念。

那是一幢位於偏鄉的民宿，蒼茫暮光中唯一的燈火，如遙遠的星光般，溫柔地照映古樸的招牌，蒼勁的毛筆字體，寫著「樓外樓」。

剛入住的時候，從樓下櫃檯辦理登記手續，只覺得它乾淨素雅。沿著實木訂做的階梯上樓，房舍之外，還有拓寬出去的露台。夜色如水在窗前流動，夢境似的寧靜；卻有多采多姿的畫面，投影在空中。

老闆謙虛地說自己很平凡；認識的朋友其實早已透露他人生的不凡。

一杯暖暖的烏龍茶入口，他的嘴角勾起一抹溫暖的笑意，徹底透解世事地說：「活到這個年紀，誰的人生沒有一點難免的滄桑？」

從他的表情，看出他對於往事，已經完全釋懷。那些來自妻子、伴侶、合夥人，留給他的傷心、背叛、負義，漸漸隨著歲月遠去。曾經有一段必須靠酒精催眠的時光，也在他重新遇見人生真愛的感召中蒸發。

如今陪伴他的，是一隻老貓、和一位心靈至交，以及來來往往的房客。

常有人好奇地問他：「為什麼想要打造一間這樣的房舍，而且命名為『樓外樓』？」而最常得到的答案是他笑而不語，頂多轉頭看著他的摯愛，淡淡地說：「沒什麼，隨便取的。」

而真正的答案，只留給和他有緣的朋友。

「樓外樓」是他三十歲時創業階段的餐飲服務代表作，經營幾年後人去樓空。人外有人，山外有山，天外有天。這些道理，他早就都通透。紅塵滾滾翻飛過，歲月茫茫穿梭盡，他選擇在人生最僻靜的地方，重新蓋起那幢曾經在年輕時候摧毀他夢想的「樓外樓」，守著他的老貓和摯愛。

幾年後，當我沿著往日足跡探訪，發現這幢「樓外樓」竟已隱沒消失在荒煙漫草之間。

打電話問候老闆，他如禪師般給我上了一課。

他說，這世界上哪有「樓外樓」？生命，除了愛之外，沒有其他。愛，沒有極限。當你體驗過「愛的零極限」這般無邊無垠的境界，就會知道：世間真正的最愛，將會存在於你距離真心最近、也最遠的地方。

擁有的時候，要多珍惜；失去以後，捨得懷念。

【最愛】：總得是失去過，我們才知道什麼才是最高級、比較級的差異，更是繼續愛著、痛著的真實體會。

比相愛
更高的等級。

相愛，並不容易。

要用對方喜歡的方式，才能真正愛到他的心坎裡。

有時候你明明知道對方最想要的是什麼，你卻不一定給得起。

✳

我曾經在出版的作品《擁抱幸福的自己》中提到：「天下最幸福的事，莫過於你愛上一個人，而他正巧也愛你。」這句話後來不斷在網路上流傳多年，甚至還改編成不同的版本，持續訴說著天下最幸福的事。

如果地球人口以七十億來計算，兩人相遇相愛的機率，只有七十億平方分之一，確實比中樂透還要小。

當年，對所謂「天下最幸福的事」，我的理解也僅止於此而已。後來這幾年，經過人生不同的階段，看過很多幸福或不幸福的伴侶，自己也體驗不同的相處方式，才發現「天下最幸福的事」，還有比相愛更高的等級。

兩個人來自茫茫人海中，能夠相遇、相知、相愛、相惜，確實非常不容易。然而，還有比這個更不容易的事情，就是相愛的兩個人，不只是擁有愛對方的意願與能力，還能夠用對方想要的方式去付出，而且付出的程度與深度都十分對等，至少任何一方都不覺得有什麼委屈，甚至同時感到相當程度的滿意。

相愛，並不容易。要用對方喜歡的方式，才能真正愛到他的心坎裡。有時候你明明知道對方最想要的是什麼，你卻不一定給得起。如果對方最需要的是安全感，你願意割捨自由去換取嗎？如果對方最需要的是呵護，你願意在他生氣的時候，放下自己的身段，捐棄「誰對誰錯」的立場，溫柔地在他耳邊說：「寶貝，對不起」嗎？

有位女性朋友，個性體貼、樂於付出，她完全不求任何有形或無形的回報，而她的男友總是很懂得她，只要他用黏黏的喉音，以縮簡暱稱的方式叫喚：「貝——」她就無怨無悔地把一切都給了他。

而他並不是貪得無厭的人，得到好處的同時，也對感情負擔更多的責任與承諾。

有關愛的付出，也怕過猶不及。施與受之間，並非金錢物質可以衡量。你送我一件衣服；我送你一個包。送禮的心意，遠超過物品的價值。無關乎誰高誰低、誰多誰少，而是我在乎你，你也在乎我。

如果你暫時手頭不方便，也不要打腫臉、充胖子，刻意要回禮給他。比相愛更高的等級是：對方會理解你的難處，心疼你的拮据。

他會懂得照顧你的尊嚴，說：「千萬不要送禮物給我，因為我很挑剔。與其屆時要退貨，不如我珍惜你的心意就好。」

【付出】：著著實實地交付對方想要的一切，才是最無私的給予。

捨得不計較。

當你願意放棄說理，
不再用盡心思去證明自己是對的、他是錯的，
對立的觀點就會在瞬間隨之消失，
兩個人的情感才能向更深處走去。

在愛情面前，你夠慷慨嗎？你覺得自己可以付出到什麼地步？而對方最希望從你身上得到些什麼呢？

自認為用情很深的女性朋友說，她付出所有的愛給對方，而且從來不求回報，即使心中偶爾會覺得有點委屈，也不會讓他知道……這，算是在愛情的互動中，最慷慨的極致了吧！

還有很多類似這種癡情的人，平常省吃儉用，節省各項開支，唯獨對所愛的人，絕不手軟，能買的、能送的、能給的，即使散盡千金、傾家蕩產，舉債度日，都不會吝於付出。

可是我們往往都忘了——對方需要的，並不是你的付出而已。無

論有形的禮物、無形的感情，能付出、能給予的，再怎麼說都是有限的，也未必是對方要的。

我們真正捨得給對方最寶貴的付出，往往不是禮物或情感，而是捨得不計較。

就先從「捨得不計較，誰付出比較多」這件事情開始吧！

當你心心念念著「我只求付出，不求回報」的時候，你已經在斤斤計較了。放下這個念頭，把付出當作是收穫，感謝對方願意接受你的付出，才能放下心裡的那根千斤萬重的秤，沒有罣礙地相愛一場。

再高一點的境界，是「捨得不計較，誰對的次數比較多、誰錯的機率比較少」。

當你願意放棄說理，不再用盡心思去證明自己是對的、他是錯的，對立的觀點就會在瞬間隨之消失，兩個人的情感才能向更深處走去。

往更進階的一層，是「捨得不計較，他的缺點」。

你只願珍惜他的優點，完全不在意他的缺點，也不把他表現未如你期望的言行，看得太過於嚴重。

這樣的捨得，是更高層次的慷慨，其實你沒有付出什麼、也沒有失去什麼，卻因此得到更多無價的幸福。

【捨得】：能捨去不屬於彼此的飄渺，得到的必是雙方留得住的幸福。

什麼時候愛上我？

你是什麼時候愛上我？
答案從某個階段、某一天、到某一刻，
時間刻度愈是細微，浪漫的滋味像針灸，
愈能準確擊中令你感動的穴位。

你是什麼時候愛上我？

愛上一個人，往往沒有理由。但是，對於開始心動而產生化學變化的那一刻，我們會是記憶猶新的。

只不過女人拿來抱怨說：「看看你當時多熱情！」男人通常噤口，不敢說出的真話是：「其實妳也改變了很多啊！」

如果兩個人還甜蜜地在一起，時光的線索，總會串起幸福的每一刻。倘若感情淡薄、甚或愛戀已逝，愛上對方的那一刻，只用來證明自己曾經真正心動過，遺憾後來竟會變成這樣的結果。

你是什麼時候愛上我？

答案精緻準確的程度，決定了對方感動的深度。

或許你覺得不在乎，卻往往是一段愛情能否經營到幸福長久的關鍵。

大而化之的人，本來就粗心大意，被逼問的時候，只能傻笑說：「呵呵，忘了耶，我哪裡能記得？」回頭他自己也深思許久。

或許，他並未說謊，也不是沒誠意。有時候，愛情初始的好感太細微，連自己都沒有發現，而是日積月累，時久生情。

試著聽聽看以下這些答案：

「就是高中的時候啊！」

「陪你去喝喜酒的那天啊！」

「看見你為了流浪狗哭泣的神情啊！」

你是什麼時候愛上我？答案從某個階段、某一天、到某一刻，時間刻度愈是細微，浪漫的滋味像針灸，愈能準確擊中令你感動的穴位。

在精細的時間刻度裡愛上對方，事後回想的甜蜜，正顯示你對愛情觀察入微；若是佐以畫面的呈現，喚起兩人共同的記憶，感動就像美酒，愈久愈香醇。

你是什麼時候愛上我？

「第一次見面，搭手扶梯時，你回頭看我的那一瞬間。」

「跟你喝咖啡時，突然望進去我的雙眸，看見那一抹深邃。」

「你留意到我抱著生病的小貓就醫，焦急地流下的眼淚。」

原來，在你愛上我的那一刻，我曾經如此動人，連我自己都未曾發覺。

即便是情人眼裡出西施也好，或是你因為內分泌催化產生錯覺也好，對於那一瞬間的光芒萬丈，多年以後的我，總是心存感謝。

多麼希望，美好的愛情，讓瞬間變成的永恆，不只存在你心底，而是保留在現實中，讓我因為你的愛，能量俱足，亮麗光彩。

【愛上】：當初愛情來了的甜蜜，在時間的流轉之後，仍可留存於回憶的永恆瞬間。

愛他冰山的一角。

與其用「了解」去經營感情，不如以「接受」去維繫關係。
無論對方變成什麼樣子，你都欣然接受。
若要讓感情恆久，「接受」比「了解」重要。

年輕女孩開始談戀愛，她的父母很生氣。媽媽充滿怒意地質問她：「妳對他夠了解嗎？連他爸爸做什麼職業都搞不清楚，你這樣就要談戀愛！」這個不服氣的女孩，倔強地瞪著媽媽，幽幽地頂嘴說：「那妳了解爸爸嗎？」

我猜想她的確有點衝動，愛得不夠理智。

但談戀愛，不是買電腦，變愛時若喜歡對方，只要有好感就可以

成交，不一定要追溯對方的祖宗八代、興趣嗜好……更何況愛情的細節，比電腦的規格，還要複雜很多，很難在交往之前，了解透澈。

從前，我以為談感情就是要彼此了解。如果對方很願意分享過去的人生，我會心存感謝，原來是那些我來不及參與的歲月，形塑了眼前的這個人。倘若，對方說得很少，甚至避重就輕，我會有點遺憾，然後暗自觀察，希望能有多點了解。

後來，我發現那樣的相愛方式，彼此都會很累。

一個人，是永遠了解不完的。就算你了解他的過去，那又怎樣？按照過去的軌跡，未必可以推測出必然如此的未來。人，都是會改變的。你對他的了解是進行式，他的改變也是進行式，你好奇不完，也了解不完。與其用「了解」去經營感情，不如以「接受」去維繫關係。無論對方變成什麼樣子，你都欣然接受。若要讓感情恆久，「接受」比「了解」重要。當你無法「接受」，於是「接受」變成「忍受」，有一天再忍受不下去了，愛情就結束。

我慢慢學會，寧願愛對方，猶如冰山的一角。

如果他願意，時間到了，就會浮現更多真相讓我看見。假使沒有那個機會，就讓我愛這座冰山的一角，愛我所看見的部分就好。

也許在海面之下，還有很大一部分，是我所不知道的，正因為還有那一大部分的未知，反而讓我懂得戒慎恐懼，也存著期待與好奇。

當愛情出現在偶像劇裡的時候，通常是「因為誤解而結合；因為了解而分手！」所幸現實的人生，沒有那麼多的戲劇張力，大部分的人在談戀愛之初，都是希望彼此有多點了解。

至於要了解到什麼程度，才算愛得夠投入呢？這個問題是沒有答案的。如果你理智到非要了解到某個程度，才能更全心投入愛對方，那也不叫愛了。愛就愛吧。如果幸運的話，你們有半生的時間，可以慢慢了解彼此。

【了解】：未相愛之時，我們總想要多了解一些；在愛了之後，由於太了解卻也可能成為愛結束的終點。

你們後來
怎麼了？
延伸滿版

那段戀愛太深刻、那段想念太綿長、那段遺憾太茫然，
你終於成為一個感情的失憶者。
回答：「我忘記了。」
並非你刻意欺騙對方，而是你真的這樣想。

✦

當你以為自己幾乎已經完全忘記他的時候，偶然在街頭咖啡館遇見昔日知道你們曾在一起過的好友。在和這位舊識簡單地問候交談中，你才恍然大悟，原來他還在你心中的某一個角落，而且屹立不搖。

儘管好友只是順口問起：「你們後來怎麼了？」一個小小關懷的問號，啟動了心靈深處記憶的開關，往事一幕幕排山倒海而來。

自始至終，你根本沒能忘記他。而你們的故事，依然是朋友口中的偶像劇。

那年，各自有交往對象的你們，為了這段如電光石火的相遇，雙

方都掙扎了半年，決定告別已經論及婚嫁的感情，了斷個乾乾淨淨，讓彼此可以重新開始人生的幸福與甜蜜。你們被雙方的親友罵翻，只有少數的知己看好，你們如革命烈士般惺惺相惜，甚至因此遠走他鄉，與世隔絕，終於讓愛可以獨立。

可是他最後還是忍受不住孤寂，當感情消磨在異地無聊乏味的生活裡，他選擇重返紅塵，留下你與遺憾同住在一起。

轟轟烈烈的戀情，注定虎頭蛇尾地結束。這是分手多年以後的你，才漸漸明白的事實。甚至，後來你不知道他的去向，是否有了另一個歸宿，只因為你比他更漂泊、也更安定——漂泊的是，你始終一個人；安定的是，你沒想再找另一個人。

於是，「你們後來怎麼了？」成為一言難盡的話題。那段戀愛太深刻、那段想念太綿長、那段遺憾太茫然，你終於成為一個感情的失憶者。回答：「我忘記了。」並非你刻意欺騙對方，而是你真的這樣想。

誰說，感情的開始與結束，我們都一定要清楚地記憶所有的細節？

誰說，愛戀的歡愉和痛苦，我們都會明確地想起所有的一切？

分手多年以後，忘記兩人後來怎麼了，是一種不必對任何人交代清楚的幸福。只需記得，當年的我曾經那麼勇敢地，深深地愛過。

【後來】：用來切換某時間點的前後空間，之前是想告別的過去，之後是不設限的未來。

結婚前說對不起

選在他結婚前夕，跟他說抱歉。

這個儀式，其實是給那段感情劃上一個完整的句點，

確定一切都結束了，

可以好好的道別，終於和自己的過去和解。

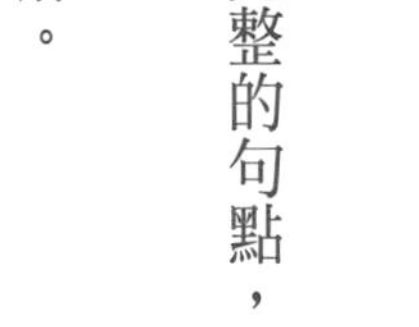

參加電視男女聯誼節目錄影，我傾聽一個參加交友活動的女孩感慨萬千地說起往事，曾經有個深愛她的男人，對她好到連自己的父母都認定他們會是可以守護終生的伴侶，只怪當時太年輕，她沒有好好珍惜這份感情，讓原本有計畫談論婚嫁的他，最後打了退堂鼓，轉身離開。

分手之後，兩人在各自的感情世界裡沉寂，中間偶有聯絡，不乏復合的機會，但她總是覺得不急。一再錯過破鏡重圓的良機，等到再有對方消息的時候，已經是他決定和另一個女孩結婚的前夕。

她打電話跟他說：「對不起」，事到如今才有機會對他說出內

心的抱歉。

辜負一個男人的真心誠意，讓她後悔莫及。

她的父母都曾對她告誡：「妳這一生再難有機會碰到一個像他這麼愛妳的男人了。」或許在他決定和別人結婚之前，這句話只是威脅；但眼看他就要步上紅毯，這句話成為不可動搖的遺憾。

選在他結婚前打電話說對不起，當然是抱歉、也是祝福。

千萬別誤會，她並非想要藉此挽回。而他也沒有把文青的舞台劇對白，演成俗氣的偶像劇，既沒有把她表達歉意的電話，當成結束單身派對的邀請函，也沒有怨懟或責備，只是笑納她的祝福，也希望她將來會過得幸福。

前男友結婚了，新娘不是我。這樣的結局，並沒什麼好意外的。選在他結婚前夕，跟他說抱歉。這個儀式，其實是給那段感情劃上一個完整的句點，確定一切都結束了，可以好好地道別，與自己的過去和解。

跟著她回顧感情的路上，有多少人欠你一句道歉、或是你欠多少人一句道歉，也許理智上我們都會告訴自己：「這不重要，我早已經沒有把這件事放在心上了。」直到我們有一天不斷回過頭自省，才發現有許多未完的心事，終將成為自己可以再對另一個人付出愛的障礙。

向深深愛過我的人說對不起，抱歉年輕時的我未能好好珍惜你的愛；但願，這個對你來說已經不重要的儀式，可以讓我從此可以變成一個更懂得如何真正付出的人。

【感情中的對不起】：再也無法說出「我愛你」之後，留給對方的心痛句點，或釋懷的和解。

暗戀像是搞革命。

暗戀就是搞革命，告白如同正式起義，結果確實就是「不成功；便成仁！」雖然很有可能是朋友都做不成了，那又怎樣呢？至少你讓對方知道你喜歡過他呀！

截至目前為止，我的暗戀從來沒有修成正果。換句話說，選擇適當時機告白，都被拒絕。無論暗戀了多長、醞釀了多久。正式開口表白的那一刻，就注定功虧一簣，被判出局。

好慘！朋友都這麼說；唯有自己不這麼認為。我是真心感謝對方沒有繼續浪費我的時間、我的青春。不是我愛面子，才如此逞強地正向解讀自己的暗戀的經驗，而是真心地接受告白失敗的結果。因為我知道所有的感情，都是兩個人的完成，光是自己單方面的投入，絕對不會修成正果。如果對方遲遲不做決定、或虛應故事地應付，將來的損失絕對比被拒絕的當下更多。

把一個人，放在心中，就是永遠。這句話或許沒錯。但是，對方若從來不知道你喜歡他，這段美麗的浪漫，就將會累積成永遠的遺憾。很多人遲遲不肯告白的原因，是沒有勇氣

接受事實，他們擔心的是：萬一對方拒絕，豈不是連朋友都做不成了？是啊，雖然很有可能是朋友都做不成了，那又怎樣呢？至少你讓對方知道你喜歡過他呀！這很可恥嗎？應該是歧視或嘲笑這份真心的人，比較可恥吧！

即使已經有了豐富的人生經歷，我依然覺得暗戀就是搞革命，告白如同正式起義，結果確實就是「不成功，便成仁！」以上觀點，確實是我的偏執，一點都不客觀，願意參考的讀者，不妨耐心讀完我的心情。

當我內心所喜歡的對象，明確表達不喜歡我，或不是我期待的那種喜歡。好啊，我就祝福對方，也祝福自己。如果對方回答：「我們還是做朋友吧！」我會婉謝這份仁慈。

為什麼一定要做成朋友呢？有那麼缺朋友嗎？我不希望跟我曾經苦苦暗戀過的人繼續做朋友，我只願把對方深深藏在心底的某個角落，用一輩子的時間去珍惜與想念。

若把暗戀過的人，在告白被拒絕後，變成朋友。這份感情未免太過於廉價而平凡，畢竟朋友和戀人的感覺大不同，你一定喜歡他的程度不夠強烈，才有可能把對方變成朋友。

如果你深深暗戀一個人，卻不告訴他，只是為了避免失敗，強忍著你的感覺，假裝跟他做朋友，甚至是一輩子的朋友，你只能欺騙自己說你把心中暗戀的愛意昇華了。這是自欺欺人啊。

愛不到一個人，把這份心意，昇華成為友誼？這個說法，我一直很疑惑。愛情和友誼，難道有分高下嗎？否則，如何昇華？

對於那些接到告白後明確拒絕的暗戀對象，我不會把他當朋友，也不會是敵人，他有個很明確的定位，就是我曾經很喜歡過的人，雖然無緣攜手一段、或共度此生，但我會永遠記得，也會深深祝福。

【告白】：即使無法帶著兩人走向幸福，至少有一方是可以坦然的快樂，回想曾經終不悔。

不敢回覆的電話。

手機響了半天，你錯過之後百感交集，
對方沒有勇氣再打來，而你也不敢回覆的電話，
通常欠的不是金錢的債務，而是感情的債務。

有沒有過這樣的經驗？手機響了老半天，你正在忙亂中，一時之間沒有接到電話，接著看見螢幕上顯示來電者的名字，頓時鬆了一口氣，感覺沒接到這通電話也好，知道他有打過來找你，這就夠了！而你沒有勇氣回他電話。

應該是債主吧？個性調皮的阿永如此猜測。他顯然是說笑，而且全無被追債的經驗；因為真正的債主，絕對不會這麼容易善罷干休，就算你沒接到電話，也會鍥而不捨地打奪命追魂扣來追討，沒拿到錢是不會放過你的。

金錢的債務，確實如此；感情的債務，另當別論。

手機響了半天，你錯過之後百感交集，對方沒有勇氣再打來，而

你也不敢回覆的電話，通常欠的不是金錢的債務，而是感情的債務。

例如：分手多年後，他突然想起你，一時衝動想知道你過得好不好，所以打一通久別重逢的電話來，而你沒有接到，他悵然地以為彼此就真的是緣分已盡，未便再打擾。

當你看見那通戛然而止的電話，心也被揪了一下——原來是他！

你曾經想回撥過去，只要按一個鍵就可以，如此輕易的動作，情感上卻太艱難。這幾年好不容易平靜的心情，何必再起漣漪？你終於決定讓過去的都過去，感謝這通沒接到的電話裡，埋藏著種種的好意。

不敢回覆電話的謹慎裡，往往隱藏著最大的勇氣。

未曾了解這樣心情的人，或許會妄加評論說：「真沒用啊！就不過是一通電話嘛，打過去聊個幾句，有什麼關係？」明白的人才會知道，不敢回覆的電話，其實代表的是更大的勇敢與決心，讓自己可以對過去的感情徹底地斷捨離。

人的一生中，有多少次的電話鈴聲響起時，可以讓自己如此驚心動魄呢？

逃避還不起的金錢債務時，比較容易充耳不聞。

面對波濤洶湧的感情債務時，每次電話鈴響都是一場海嘯，席捲著過往的回憶，只有超級理性的人可以倖存。

【愛與重撥鍵】：愛情沒有重撥鍵。感情結束之後，那個號碼再怎麼熟悉，重撥也無法重來了。

PART TWO

打包後，把自己還給自己

一直要到累積很多失去的經驗，才慢慢學會分辨：

「心中真正要的是什麼？」；「不要的又是什麼？」

只不過，這時候，真正還能擁有、還想保留的已經不多了。

有一天，當我真的清楚明白自己不要你的愛時，

我會選擇默默離開，心中縱使有千愁萬恨，也不會說出來。

我不要
你的愛。

會說出「我不要你的愛！」這句話的人，多半是違心之論。如果真的不要對方的愛，只需安靜地離開。從來沒有必要把這句話掛在嘴上。

你說過這句話嗎？「我不要你的愛！」

回想一下，當時的心情吧。你是真的不想要這份感情，還是在萬念俱灰之下，最無力感、卻最強大的抗爭。

而你真正想要講的意思，其實是：「為什麼你不肯對我好一點呢？」

我一直覺得，會說出「我不要你的愛！」這句話的人，多半是違心之論。如果真的不要對方的愛，只需安靜地離開，從來沒有必要把這句話掛在嘴上。

再說得明白一點吧！如果你說出：「我不要你的愛！」多半是因為你對他感到失望。或是，你想替自己扳回一城，讓對方警覺地知

道，你是寧缺勿濫的。

就像那些在青少年時的怒吼：「我不要你管！」或是那些在初戀時的哀怨：「我不要理你！」灰飛煙滅之後，我們才明白，心中真正想講的是：「你可不可以多愛我一些！」

在好好思考這句話之前，我們很少認真去想「不要！」這個詞兒裡，「不！」和「要！」的比例，因為裡面有好多的矛盾、好多的掙扎，甚至是有很多條件，例如：「只要你再怎樣一點，我就……」可是，說歸說，還是很沒志氣地把自己留了下來，沒有真正離開。

追著成長的記憶，往前多看一些。

從很小的年紀開始，彷彿是本能似的，我們早已經學會在傷心時負氣地丟掉心愛的玩具，有時候是刻意用力摔到地上，有時候是在盛怒中不小心遺失。其實心裡是要的、不捨的、恨不能好好珍藏更久一點的，但還是讓它走了。

那些痛心的滋味，依然歷久彌新地召喚著後悔，不明白自己當初為何那麼傻。

一直要到累積很多失去的經驗，才慢慢學會分辨：「心中真正要的是什麼？」；「不要的又是什麼？」

只不過，這時候，真正還能擁有、還想保留的已經不多了。

有一天，當我真的清楚明白自己不要你的愛時，我會選擇默默離開，心中縱使有千愁萬恨，也不會說出來。

【我不要你的愛】：無論再怎麼倔強，我只是希望你可以對我好一點。

愛一個人真的好累？

「愛人好累，這次要換一個他愛我，超過我愛他的。」通常只是一句喪志的氣話，你心底還是期望可以碰到一個人，懂得珍惜你的付出。

身邊失戀的朋友，當他的療癒期接近尾聲，開始願意接受朋友關心，甚至主動要求介紹新的對象時，都會被問到：「喜歡怎樣的人？」

接下來的答案就林林總總，什麼都有了。不過，就類型來說，還是可以大致歸類如下：1.跟之前分手情人的條件差不多，反正就是愛這一型的；2.絕對不要跟前任一樣德行，一朝被蛇咬，三年怕草繩；

3.感嘆地說：「愛人好累，這次要換一個他愛我，超過我愛他的。」

當我聽見第三種說法，就會抬頭看看對方，印證我的猜測有沒有錯。我猜想的是——這個人，勢必有點年紀了；若是年輕，心也已飽經風霜。習慣在愛中付出的人，非到遍體鱗傷的那一刻，才會講出這樣的話：「愛人好累，這次要換一個他愛我，超過我愛他的。」

表面上你說自己累了，其實是你心灰意冷，失去勇氣。你不是給不起，也不是要對方還，而是不知道要怎麼給。無疑地，這樣的心聲、這樣的吶喊，是最無力感，也是最強壯的。

不知道如此悲傷沉痛的宣言，聽到對方耳裡，如今會是什麼感受？是嫌惡、還是愧疚？

換個相對的角度來看，你曾認真珍惜過一個對你好的人嗎？還是你總是把他的好，當作理所當然？當他收回這份好，你會恨他嗎？

這時候，你終於知道，「被愛，才是幸福！」這句話有多麼弔詭了！原來，被愛只是一時的享受，幸福是操縱在對方的手裡，他隨時可以收回。

偏偏，習慣付出的人，總是無法停止付出，也無法把他的熱情熱血收回；因為，如果可以輕易就停止付出，如果熱情熱血可以任意收回，他就不是他了。

「愛人好累，這次要換一個他愛我，超過我愛他的。」通常只是一句喪志的氣話，你心底還是期望可以碰到一個懂得珍惜你的付出的人，最理想的狀況，你所愛的人，是可以讓你心甘情願地繼續對他付出，但你永遠不覺得累。

而你的要求也很低，你所愛的對象並不一定真的要表達感恩、具體回饋，但至少要讓你可以繼續付出，溫柔善意地接納你的付出，而不是嫌惡鄙視、背叛劈腿、狼心狗肺。

【被愛最幸福】：其實我已經很累了，關於愛，我不知道該怎麼給了，不如就等你來愛我吧。

分手未必
有真相。

分手，未必有真相；放手，讓彼此自由。

儘管，當下你仍覺得殘酷；但是多年以後，你才會知道：

沒有真相的分手，比較唯美，比較不傷人，比較沒有針鋒相對。

✦

分手原因，林林總總。聽多、看多之後，我發現「劈腿」是最殘酷、也最真實的一種。尤其是抓姦在床，事實擺在眼前，求個恩斷情絕，乾淨俐落。即便這個體驗，對自己很殘忍，但當我非常確定你已經不愛我，而我也接受這個事實的時候，我也比較容易在轉身的那一刻，毫不眷戀地走。

相對地，很多癡情的人，永遠等不到答案。

分手的原因，究竟是什麼？成了永遠的謎。

剛離開的那段期間，感覺痛不欲生，過度的悲傷，形成一種假象，以為是因為不知道自己到底做錯什麼，才會這麼難過。甚至追討提出分手的對方，執著地要求一個答案，而對方竟連簡簡單單「個性不合」都說不出口。

結果，對方還是走了，只剩下不甘心的自己，留在原地糾扯。

分手，未必有真相；放手，讓彼此自由。

儘管，當下你仍覺得殘酷；但是多年以後，你才會知道：沒有真相的分手，比較唯美，比較不傷人，比較沒有針鋒相對。

有些分手的真相，確實是對方給不起的。

例如：他嫌你媽太囉嗦、他無法忍受你有口臭、他覺得你是扶不起來的阿斗、他對你們之間的親密關係完全提不起興趣……把這些真相都說出來以後，或許當下的你會死了這條心；但不久的將來，你可能不會恨他，而是埋怨自己。

因為這些殘酷的真相而分手，你必定是願意放手了。但你忿恨不平的心，將讓自己往後的人生更不平靜。你將徹底被這次分手打擊，而且失去再去愛別人的勇氣。因為他說的都是事實，而你沒有信心可以改變自己。

所以說，很多分手的真相，都是無法說清楚的。

失戀的人不必因此而自責，但一定要提醒自己展現風度。至於，自己是不是有什麼缺點需要改進呢？適度反躬自省即可，能改進的當然要盡力去做，可以在失去一段感情後，得到一個更好的自己。

如果真的想破頭，覺得自己沒做錯什麼，就當作他沒眼光、沒福氣吧！讓下一個情人來證明，自己絕對值得被愛的事實。

【藉口】：不愛了的表象藉口有很多，但那不愛的姿態，都是一樣的。

上了愛情
這個癮。

所謂「上癮」這件事情，以我的觀察是很有趣的。
當事人多半自得其樂，完全不覺得有什麼不對；
而是他身邊的人，
從為他心疼到替他心痛，最後在無計可施中心碎。

愛情，如酒。不同的是：酒喝多了，會上癮；愛談多了，未必成癮。染上酒癮，容易傷身；愛情成癮，容易傷心。

人生在世，對任何事情，若能及早學會淺嘗即止，都是幸運的事情。最怕是自己以為只是漸入佳境，實情卻是早已經深陷其中，不可自拔，積習成癮。

而所謂「上癮」這件事情，以我的觀察是很有趣的。當事人多半自得其樂，完全不覺得有什麼不對；而是他身邊的人，從為他心疼到替他心痛，最後在無計可施中心碎。

傳統的印象中，如果要找戀愛對象、或已經論及婚嫁，舉凡這個

人有菸癮、酒癮、賭癮，多少都會被打個問號，即使自己可以為愛承擔起對方的癮，親友多半唱衰，更遑論是染上毒癮。

問題是，你仔細看看，有菸癮、酒癮、賭癮，甚至毒癮的人，並不缺伴侶。只要你上網搜尋社會新聞，即使是毒販，還是會有枕邊人。可見上了愛情的癮，嚴重性遠高於菸癮、酒癮、賭癮，以及毒癮。

而現代環境中，可以令人上癮的誘惑，絕不只是菸癮、酒癮、賭癮、或是毒癮。玩線上遊戲、打手機講電話、仰賴通訊軟體、看電視購物……都會很容易上癮。

簡單的結論是：這些人都太寂寞了。

研究心理學的朋友，總是抱持理論的說法：一個人會染上某個癮頭，必定是內心有個空虛寂寞的黑洞，才會需要靠香菸、酒精、賭博、毒品，麻醉自己。他們在慢性自殺，而且視死如歸。

當你真心去了解一個人上癮的原因，往往會發現他的情況，遠比理論中所解析的原因還要複雜很多。

上癮的人並不覺得自己在慢性自殺、視死如歸；反而是要靠著他的癮頭，短暫地逃避現實，才能活得下去。雖然結果總是玉石俱焚，但他絕對不這麼認為。

兩個人之間的情愛，也是需要適可而止的自律。若是一味地要求被愛、或無止境地付出，同樣會讓這段感情面臨慢性自殺的局面，你以為有人陪著你高潮迭起，總比一個人痲木不仁來得好，其實你和他都不快樂。

你可以喝一杯愛情釀的酒，在微醺中享受陶醉，但一定趁著頭暈目眩之前停止乾杯，否則隔天起來很容易在宿醉中反胃。

無論年紀多大多小，在戀愛進度中，最難控制的，就是分寸。心醉與心碎的差別，在於能否全身而退。

【我沒有愛不行】：說自己沒愛就不能活的人，其實，都是怕和寂寞作伴。沒有和另一個人在一起時，就不知道該如何自處。

不肯分手的懲罰。

當情人劈腿，還要以愛為理由，不肯分手，根本不是懲罰，而是把報復化妝成愛的樣子，不但蒙混了自己、也欺騙了別人。

當愛走到盡頭，還是遲遲不肯分手！這是在處罰對方、還是處罰自己呢？

自稱「後知後覺」的她，直到對方良心發現，自動招供，才知道他已經有新歡，卻還是堅持不肯放手。明明不是她的錯，但為了挽回感情，她放棄自尊，而且用幾近求饒的語氣，拜託他不要走。等同於宣告：我可以接受你劈腿，只要你不離開我。

其實，他之所以自動承認劈腿，是被第三者逼得必須明確切割，

雖然他自認為可以應付得來，左右逢源的感覺也不錯。但是，第三者不是省油的燈，眼看時機成熟，使出撒手鐧，逼他表態，必須做出二選一的決定。顯然，這是第三者的勝利；因為，他選擇跟她提分手。

只是他萬萬沒想到，她會不肯放手。連他都以為，她是真的愛他愛到這種地步，完全沒有意料到，當女人不甘心的時候，是會玉石俱焚的。

她的想法有兩個階段：第一是，就算我得不到，也絕對不要讓你和第三者高枕無憂；第二是，只要你不離開，我就還有一絲希望、一點機會，把你搶回來。

這幾乎是所有意志堅強的女生，當發現男人劈腿時，卻不肯分手的典型反應。很明顯地，看壞這段感情的朋友，不必去問她是在懲罰對方、還是懲罰自己，因為理智的旁觀者，看得很清楚，真正的答案是：兩者皆有——她在懲罰自己、也在懲罰對方。只是執迷不悟的她，沒有發現這是懲罰而已。她，一直以為這是愛。

但是，看在我眼底，與其說是懲罰，不如說是報復。當情人劈腿，還要以愛為理由，不肯分手，根本不是懲罰，而是把「報復」化妝成「愛」的樣子，不但蒙混了自己、也欺騙了別人。

甚至，這連懲罰都談不上，因為真正懲罰的用意，是希望對方記取教訓，改過向善。而報復，很簡單的動機，只是要對方不好過而已。

所以，當對方背叛，無意回頭，你還堅持不肯分手，這很明顯是：報復對方；懲罰自己。

如果對方根本不認為他有什麼錯，同時也做出新的選擇，不想繼續留在這段感情裡，所有單方面想要挽回的努力，都只是白費心機的虛擬障礙。總有一天，他還是會離開。因為，愛已經先走一步了。

當愛已經走到盡頭，依舊遲遲不肯分手，這根本懲罰不了對方，也改變不了事實。

這只是一種愚昧的，執著。

【我不要分手】：不是綁著不愛的對方，就是阻礙了更多可能的自己，或以上皆是。

分手多久
才能再愛。

分手至少要半年到十個月後，才能再談新的感情。
無論是剛失戀的人，或是被他看上的對象，
普遍都認為這段感情換季的「安全期」，有其必要性。

如果一個朋友因為和老闆理念不同、或與同事情緒相爭而很率性地辭掉工作，想要好好休息一陣子，通常我們都會勸告他：「不要休息太久喔，若有適當機會重回職場，就要盡快開始工作，不然賦閒太久可能會變懶惰，意志消沉。甚至，會影響下一個老闆對你的觀感。」

但是，倘若他是和情人吵架而決定分手，我們就比較不會鼓勵他，在一個星期或一個月後，立刻開始另一段感情。

為什麼呢？

嗯，他需要止痛療傷啊！如果他上個星期分手，下個星期就開始新的戀情，未免太沒人性，若是被前任情人知悉，可能誤會他早就開始腳踏兩條船，劈腿已久，要不然怎可能接得如此剛剛好。

另一種主張可能是：他需要一點時間忘掉舊情吧！太快投入新的感情，會被認為是因為失戀後不甘寂寞，急著找替代品，對新的情人不盡公平。

如果上述兩項說法成立的話，要分手多久以後才能再愛，重新開始另一段感情呢？

我曾針對這個問題，請教上百位朋友的意見，統計結果發現：分手至少要半年到十個月後，才能再談新的感情。

無論是剛失戀的人，或是被他看上的對象，普遍都認為這段感情換季的「安全期」，有其必要性。

換句話說，失戀五個月內，最好如守喪般待在家裡，不要在感情的世界裡輕舉妄動，否則動機很容易被質疑：你是因為寂寞難耐，在找替代品吧！

這些討論顯示出我們對所謂「感情療傷期」的認知，有著完全不可理喻的盲目。「感情療傷期」若是太短，會被認為對於上一段舊情投入得不夠深刻，是個用情不專的人；反之，「感情療傷期」要是太長，又會被說處理分手的技術很爛，對不值得的對象，念念不忘。

然而，告別上一段感情之後，對於重新相愛一場，你有多少渴望？關鍵不在於相隔的時間多長、你是否已經能夠徹底將舊情遺忘，而是你準備好了沒有？

當你能夠用感謝的心情面對過往，提起勇氣再出發，才能讓過去和未來都不會徒留遺憾。

【我還沒準備好】：並非走不到未來，而是我停留在過去。

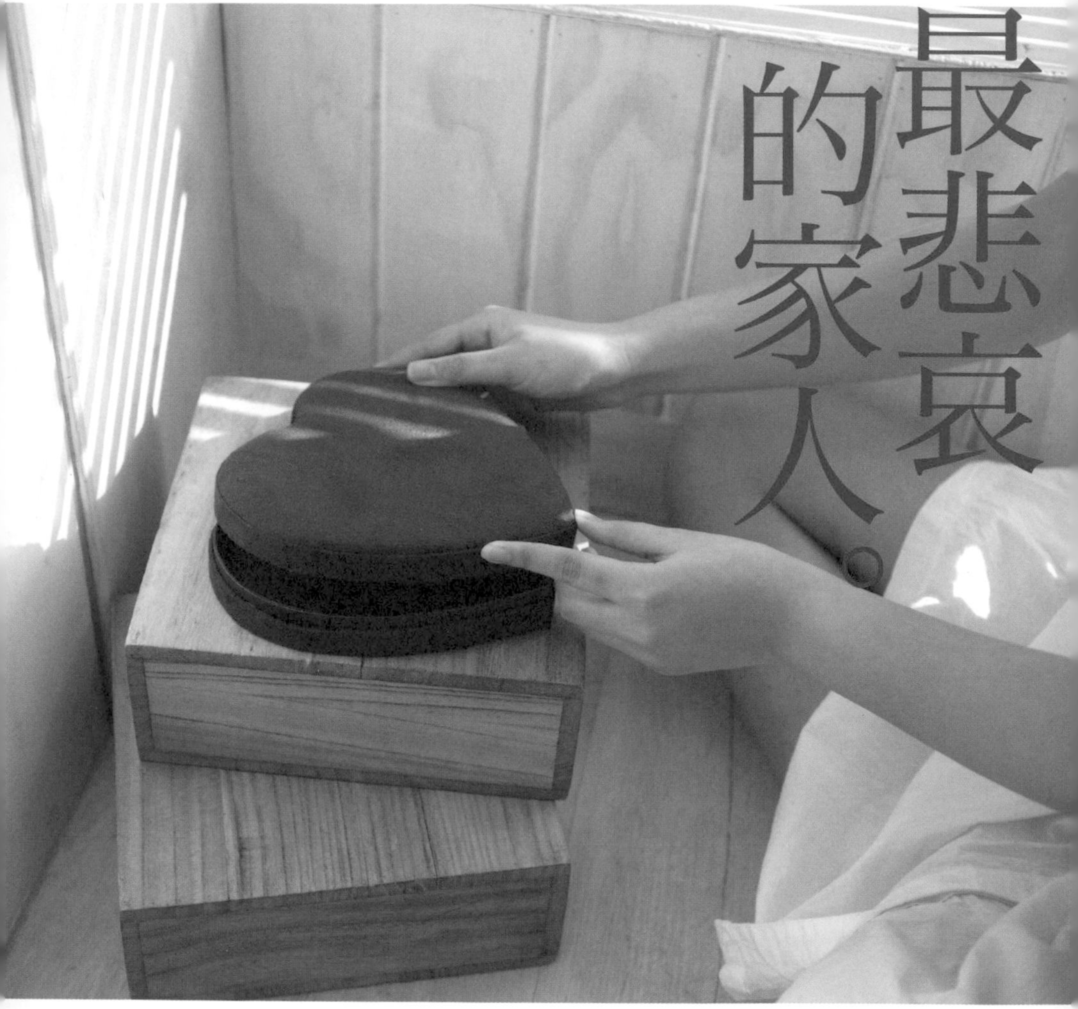

最悲哀的家人。

分手後寧願老死不相往來，也不要淪為家人。
老死不相往來，過去所有的美好，
依然會在心中留存著最浪漫的印記。

曾經相愛的兩個人，好好協議分手之後，最好的狀態便是形同陌路，老死不相往來。

次等的狀態是成為朋友，保持君子之交淡如水的形式，偶然相逢時打個招呼，禮貌性地問候。

最悲哀的狀態是成為家人，沒有任何愛慕與激情，只有習慣性的關懷。

有個女孩因為發現男友劈腿而傷心欲絕，分手後的幾年來都保持單身。已經變成前男友的他，內心有些愧疚，雖然換過幾個戀愛對象，感情始終無法處於穩定狀態，明明是自顧不暇了，但還是不斷對她釋出關心。

天冷了，發個簡訊提醒她：「要多穿衣服。」

過節了，小禮物送到辦公室。

他的母親是知名的西點烘焙家，閒暇時間做了好吃的蛋糕或甜點，也會叮嚀他送一份來給她品嘗。

她在臉書發文，說這是感情過了保存期限後，依然可以享受的幸福滋味；卻被好友吐槽說：「明明是酸腐的東西，妳竟還吃得津津有味。妳在他心中，已經變家人了。」

這個提點，令她震驚。

如何面對已經消逝的感情？果然如人飲水。

相愛過的兩個人，在愛離開以後，能夠變成家人，不是很好嗎？

直到她想通了好友的話，才開始覺得自己真的很悲哀。

前男友對她付出的關心，裡面有很多複雜的成分，包括：愧疚、道義、懺悔。而當愛得濃烈的時候，誰都不會希望愛情中有這些配方。固然，它們豐富了感情的內涵，但也讓愛變得不夠純粹。

關於愛，每個人要的東西都不一樣；當愛離開以後的狀態，每個人排出的先後順序也截然不同。

或許，有些人的想法是倒過來的，認為：能夠成為家人是最好的狀態，朋友次之，最糟的是形同陌路。

但我仍好強地堅持自己的路線，分手後寧願老死不相往來，也不要淪為家人。因為老死不相往來，過去所有的美好，依然會在心中留存著最浪漫的印記；倘若成為家人，每天看得到、卻愛不著，實在太為難彼此了。

分手後的他，最適合的標籤，就是前任情人，不是朋友、也不是家人。

【我們還可以當朋友】：起了化學變化的舊愛，走不回原來的樣子，就最好可以不要再來往了……

連下床都沒元氣。

標榜自己懶到不會劈腿的男人，
對於曾經因為遭受背叛而受過嚴重感情傷害的女孩來說，
果然具備一種難能可貴的獨特魅力。

兩年前她和前男友分手，說起來原因有很多，但也可以說只有一個：他慣性劈腿，答應悔過之後，卻又不斷搞曖昧。

透過朋友介紹，認識現在的他，兩個人約會幾次，她對他沒有很強烈的感覺。介紹人心急地頻問進度，她雖然覺得對方客觀條件還不錯，但就是沒有急著想和對方進入戀愛，只能歸因於自己可能還處於療傷期，沒有真正走出來。

介紹人為了說服她，搬出「真正的感情就是如此啊，細水長流比較重要啦，再多激情，還不就是鏡花水月。」這樣的大道理，卻也十分有效地擊中她的要害。

之前的驚心動魄，成為感情的負面教材。她答應和他繼續約會，以培養感情，希望雙方可以正式成為男女朋友。

而具有臨門一腳效果的是，在一次約會後，他送她回家。她要下車時，他說：「我不是沒有談過激情的戀愛，而是很想要安定下來。那種猜來猜去、等來等去的愛情遊戲，我已經玩不起、也不想玩了。我絕對不會劈腿、亂搞。」

其實他才剛滿三十歲，並不是那種錯過適婚年齡就會直接變大叔的男人。而她二十八歲，若考慮優生學，給自己談兩年戀愛了解對方的時間，很快會到結婚生子的年紀。

標榜自己懶到不會劈腿的男人，對於曾經因為遭受背叛而受過嚴重感情傷害的女孩來說，果然具備一種難能可貴的獨特魅力。

於是他們果真跳過「猜來猜去、等來等去」的階段，成為老夫老妻般的伴侶。星期一到星期五，各忙各的；星期六約會，吃飯、看電影；星期日補眠。

這樣的戀愛生活，過得還算平穩，確實不用「猜來猜去、等來等去」。但是，讓她比較意外的是，年紀輕輕的他，居然「上床沒活力；下床沒元氣」，整個生活步調像個老人似的，簡直就是奄奄一息。

快要過二十九歲生日的前一個星期，她決定逃離這段感情。原來，標榜自己懶到不會劈腿的男人，竟是如此無趣。

【我不劈腿】：如此自我標榜的男人可能不僅懶得劈腿，對生活也懶得經營，你看到的是一種平靜的幸福，還是平淡的無趣？

報復型的第三者。

被搶走男友的女人，
痛苦過一段很長的時間，傷心始終無法療癒。
等到男人被第三者短暫佔有之後又拋棄，
他在心碎之後徹悟，終於回去找女友認錯，多半都會舊情

有個條件不錯的女孩，習慣做別人的第三者。只要看到身邊有女伴的男人，她都想要挑戰看看。

愈是深情堅定、愈是忠厚老實、愈是負責可靠的男人，愈容易成為她下手的目標。她處心積慮去勾搭對方，等到男方上手之後，再故意露出蛛絲馬跡，讓他的正牌女友起疑，然後樂於看他們吵架，鬧到最後分手，她才覺得自己已經成功一半。

確定男方和正牌女友分手，變得一無所有，像一條搖尾乞憐的狗，來到她的身邊轉圈圈，她再一腳踢開他。這時候，才算是大功告成。

她只要讓自己成為史上破壞力最強大的第三者，擁有破表的戰鬥指數，戰無不捷、攻無不克。

然後，功成身退，並沒有想要被扶正。

她的主張很簡單：「這種輕易就會被誘拐的男人，根本不可靠！」

被她一腳踢開的男人，終於不會再聯絡。所以，她不關心他最後的下場如何？直到某天，在購物中心碰到一位多年前的受難者，發現他又和前女友復合，才驚訝地百思不解——為什麼這些男人如此沒用？這些女人還要資源回收？

顯然，她不知道的事情還有很多。

她的出現，反而讓那些被拆散的情侶，在破鏡重圓後，更加珍惜彼此。

被搶走男友的女人，痛苦過一段很長的時間，傷心始終無法療癒。等到男人被第三者佔有之後又拋棄，他在心碎之後徹悟，終於回去找女友認錯，多半都會舊情復燃。

很遺憾地，自認破壞力強大的她，沒能成為最後的勝利者，反而被當成不正常的心理變態。那些受難者男人和女友，都用「可憐、又可惡」來形容她。

而她之所以成為一個「報復型的第三者」，是因為童年的創傷，目睹爸爸被媽媽口中的狐狸精搶走，成為失去爸爸的女孩。

她立志長大以後，要成為很厲害的狐狸精。

這曾是一個九歲女孩卑微的願望，竟也讓她在後來的人生中，感情變得一片灰暗。

【第三者】：尚不知道愛情「怎麼來就怎麼去」的可憐、可惡女子。

分手後的慈善家。

為什麼要對前女友好呢？
其實是因為這個男人分手後，立刻交了新女友，
看見前女友還孤孤單單地，
於是想要彌補過去對她的虧欠。

愛情最大的遺憾，在於：有些人，分手後才發現對方有多好；另一些人，在分手後才願意好好付出給對方。

而這兩種人，其實都有很類似的性格。

分手後，才發現對方有多好。顯然，這個人太粗心、也太白目了。當時交往的時候，他一定是個很自私的人，或許還劈腿呢！所以沒有用心去體會對方的付出。可惜，他已經失去對方了。

另一種人，在分手後才願意好好付出給對方，表示在此之前，他對感情是很吝嗇的。幸運的話，對方還願意讓他以朋友的方式付出；不幸的話，兩人已成陌路，就算他願意付出，對方也無福消受了。

最近有個女性好友跟我說，她那個沒緣分的前男友，交往時無論什麼節日都沒有表示，分手後竟然會給她送來生日禮物、聖誕禮物、情人節禮物。

她很確定對方已經有女友，而且也無意舊情復燃，純粹只是表達對她這個前女友的善意而已。

我聽完她說的話，心裡感到一陣悲涼。

直覺反應是：這個男人分手後，立刻交了新女友，看見前女友還孤孤單單地，於是想要彌補過去對她的虧欠吧。

另一個更深層的悲哀是：會不會他被新的女友調教得比較成熟，懂得虛心檢討、感恩別人，所以才會有這麼大的改變？

當男人在分手之後，變成一個慈善家，是他前女友最大的驕傲、也是最深的遺憾。

驕傲的是，他終於成為一個懂得付出與回饋的男人；遺憾的是，「為什麼在一起的時候，你不肯對我好呢？」

身為分手後的慈善家，這個男人真的好矛盾啊！

或許他也懊惱著：為什麼總要在分手後，才知道自己最愛的是誰？為什麼總要到已經沒辦法在一起了，才千方百計想對她付出呢？

這時候，男女共同的遺憾將是：為什麼不能珍惜當下？

錯過的，真的比較美嗎？

【愛情的遺憾】：擁有的時候不懂珍惜、失去了之後用來懷念的空缺。

感情經不起探測。

所謂的「考驗」，
應該是人生不可能避免的困難或阻礙。
而「探測」則是因為彼此信心不足，
想要以小小的詭計，觀察對方的反應。

因為工作不是很順利，而且已經三年沒加薪，她動起出國遊學打工的念頭。尤其她看到高中同學去加拿大遊學打工回來，如願考上空姐之後，內心受到很大激勵，也想要奮力一搏。

而唯一讓她感到萬分猶豫的，是和男友之間的情感。像很多戀侶那樣，他們吵吵鬧鬧、分分合合，男友從未恩斷情絕地說要離開，卻

也沒有承諾要娶她。

站在工作發展與感情婚姻的路口，她下了一著險棋，想要考驗男友對感情的意志力是否足夠堅定。

她跟男友說：「我決定要去遊學打工，大概兩年才會回來。遠距離戀愛很難維持，與其讓我這樣擔心你，會不會趁我不在身邊，又像上次那樣跑去偷吃，我想我們還是先分手吧！」

對她來說，這是一招苦肉計；感覺男友相當配合，蹙緊眉頭。他為難地說：「讓我考慮兩個星期。」

聽起來，態度還真的是滿慎重啊。

這漫長的兩個星期之中，她心頭千迴百折，最後得到男友的答覆，竟然是：「既然妳決定這樣做，我也不能為難妳啊。就尊重妳的決定吧。」

從此真相大白，原來他真的沒有很在乎她。

朋友罵她是傻瓜，難道還心存盼望，以為他會說：「放心去吧，我會等妳回來。」還有更毒舌的朋友說：「他已經夠厚道了，還故意假裝說要考慮兩個星期，有些沒良心的男人，會當場分手，以求解脫。」

因此她得到一個教訓：感情，是經不起考驗的。

我倒覺得，並非感情真的經不起考驗；而是應該要換個說法：感情，是經不起探測的。

所謂的「考驗」，應該是人生不可能避免的困難或阻礙，而「探測」則是因為彼此信心不足，想要以小小的詭計，觀察對方的反應。

兩者最大的差別，在於雙方是否真誠而且互信？

只要真誠互信，無論是多麼艱難的考驗，都有機會通過。但若誠信不夠，再小的探測，都是陷阱，徒然讓雙方跌落於不義的真相裡——原來他愛我的程度，並不如我愛他那麼多。

【我不能為難妳】：感情裡一種嫁禍的策略。自己裝無辜，而將壞人的角色，交由另一方繼續演下去！

七年感情
空窗期。

需要關心的，不是空窗這麼久的原因，
而是在這段偏長的空窗期，
當事人做了什麼可以幫助自己成長的事情。

聽到對方說「從上一段感情結束到現在，七年了，我沒再談過戀愛！」你的心情是悲、還是喜？替他感到難過、可惜？上一段感情有傷他這麼深、令他那麼難忘嗎？或是，他真是撐得住啊！沉潛了這麼長一段時間，若真的能夠因此而止痛療傷，也算好事吧。

在即將慎重地面對一段新感情的開始之前，難免都會想要知道對方的上一段維持多長？為什麼原因分手？感情空窗多久？如同在職場找工作的面談，會有很類似的提問。你上一個工作做了多長？為什麼離職？中間待業多久？

同樣地，工作待業太長、感情空窗太久，都不是很加分，甚至是會成為一種負面的疑慮。尤其是超過三年的空窗期，無論是感情或工

作，多少都會令新的感情對象、或工作雇主有些卻步。而自己也會容易感覺好像「提不起勁」來。

大家比較關心，也常圍繞著轉的話題都是：為什麼空窗這麼久？但我覺得比較需要關心的，反而不是空窗這麼久的原因，而是在這段偏長的空窗期，當事人做了什麼可以幫助自己成長的事情。

感情空窗這麼久的原因，可能有千百種：難忘舊情人，一時沒有能夠走出困境；一朝被蛇咬，三年怕草繩；緣分不夠，沒碰到真正適合的對象；分手後將重心改放在家人或工作上，因此回不去……

這些種種原因，無論是真的理由、或編的藉口，都隨著時間經過而變得不重要，對未來比較有影響的卻是：這段漫長的感情空窗期，做了些什麼事？例如：上一些課程、寫幾本日記、多了解一點自己。

最可惜的莫過於，在漫長的感情空窗期中，什麼事也沒做。宅在家裡、窩在棉被裡、躲在回憶裡。

若是這樣度過上一段失戀的日子，這段感情空窗期，就不只是漫長而已，簡直是空洞到令人發慌。也難怪他會無法脫離空窗的困境。

他其實不是走不出去，而是動都不動，根本沒有真正站起來過。

空窗期，可以是一段漫無意義的空白；也可以是準備轉換的空間，就看自己如何用行動去定義它。

【空窗期】：整理好自己的心情，同時期待轉換的美好時光。

PART THREE

走遠了，感謝曾經的相遇

我們要學習的，不僅是在乎自己，而且是剛剛好的在乎，

不要太過度在乎，也不要完全不在乎。

不要在乎自己，到了目中無人的程度；

也不要不在乎自己，到可以被愛傷得毫無尊嚴的地步。

最令人後悔的愛情。

世界上最令人後悔的愛情，
並非對方從一開始就抱著玩世不恭的態度，你卻始終對他一往情深，
而是你用心去尊敬一個你所愛的人，卻發現他是格調很低的人。

常聽朋友訴苦，尤其是當他們碰到情傷的時候，彷彿世界末日般驚慌沮喪。尤其在劈腿盛行的年代，只要曾經被心愛的人背叛，心中都難免有說不出的悔恨，最常聽見的懊惱便是：「當初，怎麼會看上這樣的人？」這種怨氣難消的心情，我都能體會，但是因為世界上還有比這些更令人後悔的愛情。相較之下，以上這些感慨似乎還在可以容忍的範圍。

世界上最令人後悔的愛情，並非對方從一開始就抱著玩世不恭的態度，你卻始終對他一往情深；而是你用心去尊敬一個你所愛的人，卻直到分手後，才發現他是格調很低的人。會令你後悔的，不是你的眼光，也不是他的壞，而是他在你面前活生生地展示了人性最糟糕的

一面。他本來偽裝成很值得尊重或疼愛的人，最後露出猥瑣的真相。於是，你還在未癒的情傷中，一邊深情戀戀於往事，另一邊卻驚慌地想逃開。甚至，覺得他玷汙了你，玷汙了高尚的愛情。

有位女性好友，透過網路交友平台，認識一位銀行主管，在網路上聊過幾次，開始正式交往。第一次約會，是在下班後，她看見他西裝筆挺的樣子，行為舉止就是一個翩翩君子，對他留下很好的印象。

那個晚上，他們吃飯後，還去播放音樂類型很迷幻的酒吧續攤。他聊起傷心的往事，激起她心底母性的同情心，很快墜入情網。儘管，後來很快地從對方的臉書中，發現他交往並不單純的訊息。還有朋友告訴她，對方非常淫亂，經常在網路上要求交換裸照。她都不肯相信，認為那是誤傳的流言。直到她和他交往三個多月，原本堅定不移的信心，逐步被他難掩鬼祟的行為摧毀。她從來沒有刻意要發現什麼，甚至很恐懼於真相若出現時，不知道自己該如何面對？但是，他的荒唐紀錄總是昭然若揭。

分手之後，她銷毀各方網友寄來的證據，其實他們只是善意想告訴她這個男人有多爛而已。噁心的對話、私密的照片、挑逗的言語、性愛的影片……如果這些內容只出現在一對一的感情裡，或許還可以算是閨房趣事，但是，如果他在同一時間，對不同的網友分享這些私密的圖文，恐怕就會歸類於變態的表現了。尤其，當他不斷強調自己還處於上一段感情的療傷期，這些猥瑣的舉止，只會讓人想建議他去看心理醫生。

相對於銀行主管的身分，表現出如此沒有品格的行為，的確是令人為他覺得不堪。很多女人愛的是學經歷不高的市井小民，甚至混江湖的兄弟，這些男人或許沒有很豐富的學識，談吐也不是很優雅，但是在專注愛一個女人這件事情上，他們展現了至高無上的情操。

曾經愛過衣冠禽獸的男人，將會是女人這一生最後悔的遭遇。他對愛情的低俗品味，和他的身分地位落差太大，真相被拆穿後，英雄變成豎仔，他的形象毀了，女人的心也碎了。

【不悔的愛情】：告別之後，會心存感謝的這段相遇。

感情的體溫計。

只有貌合神離的伴侶，會感覺到的一種獨特的悲哀——
彼此的身軀靠得很近，體溫依然那麼暖熱，
卻很清楚地知道心已經冷了。

✳

愛吃麵食的我，曾經去一家知名餐廳，叫了一碗很簡單的麻醬麵，端上桌時香味四溢，用筷子拌開，才發現醬汁是熱的，而麵竟是冷的，均勻攪拌，有點掃興地吃了一碗溫度不夠的麵。

可想當然地，是因為生意太好，師傅先煮好麵條，撈在碗底，顧客點餐後，再依照菜單所選加入醬料或熱湯。

之前，我曾在一家五星級飯店的自助餐廳，現場臨櫃點選一小碗

日式拉麵，師傅就是先把麵煮好，再加入湯汁。我厚顏請求師傅幫我另外下麵，即使明明知道會增加對方麻煩，完全違反我的處世原則，還是硬著頭皮這樣做了。因為，勉強吃一碗不夠熱的麵，即使我能夠忍耐吞下，總會覺得廚師糟蹋食材，簡直就是暴殄天物。

做菜和美食，除了色香味俱全，還講究溫度。除非是韓國冷麵、或台式涼麵，其他以熱食為主的麵，一定要熱熱的才好吃。若是溫溫的、甚至涼涼的，就很可惜了。

如同感情，溫度很重要。相信每個談過戀愛的人都知道：燃燒熱情只在頃刻之間，想要延長熱戀期卻非常不容易，需要很多努力，才能保持恆溫。但畢竟這個說法算是比較抽象，即使相愛中的兩個人對當下的感情究竟算是幾度，也不易說清楚，更遑論是共同的答案。

微妙的是，伴侶之間除了抽象的感情溫度，還有具象的體溫感應。從牽手的掌心、依靠的臂彎、擁抱的胸膛，緩緩傳遞彼此身體的溫度。當愛還黏膩的時候，就算是夏天，再熱的天氣，都還是有相互取暖的必須，何況到了寒冷的冬天，更是須臾不可分離。

只有貌合神離的伴侶，會感覺到的一種獨特的悲哀——彼此的身軀靠得很近，體溫依然那麼暖熱，卻很清楚地知道心已經冷了，像一碗提早被煮熟放到碗底的麵條，無論加了多少滾熱的湯汁，入口就知道它的味道已經不夠好了。

有個女性朋友心灰意冷地對我說，昨晚上丈夫跟她坦承有小三，還為了外面的女人要跟她離婚。她不甘心地以抗議的口氣對我說：「怎麼會這樣？他上個星期還照樣跟我溫存……」

這是在婚姻中感情疲乏的悲哀，夫妻關係像那碗半溫半熱的麵，湯是熱的，麵條是涼的。只不過在忙著果腹充飢的時候，忘了要求它整體的溫度。於是，漸漸地，口感變差、味道變壞。

此刻，原本愛過的兩個人，已經走上感情的窮途末路。

【體溫】：愛的時候，永遠不嫌熱；不愛的時候，靠再近都覺得冷。

其實是被自己騙了。

情人的變化，絕對比商品快速。

更重要的事實是：未必是對方有變化，

而是你對他的了解不夠多。

對方的變化，很可能是來自你的變化，

所以也不能全怪對方。

網路上充斥著好多圖片精緻的美食貼文，褒貶互見。

有人千辛萬苦，長途奔波，排隊預約，終於吃到心中期待已久的美食，後來卻大失所望。

怎麼會這樣？有時候是食物真的不好吃、有時候是服務態度差、有時候是場地設備欠佳，總之，就是幻滅成空。就算上述各種條件都還可以，但綜合起來就是沒有想像中的美好。

還有一種經驗是看電影，買票進場前看的預告片精采絕倫，在戲院內度過兩小時，多半時間差點令你打瞌睡，整部片子看下來，最精

采的畫面就是預告片裡那短短的兩分三十秒，之前你都看過了。

誰會承認自己期待太高呢？多半責怪的，都是被別人騙！這年頭置入行銷盛行，你看到的媒體報導、部落格心得、網路試用報告，多數是廠商花錢買來的廣告，掛羊頭不見得賣狗肉，但可能羊頭的等級太差，讓你消費埋單走出店家，心情就是後悔莫及。

感情的發展，也常會經歷這樣的過程，當初的一見鍾情，到相處幾次下來，發現彼此不合適，猛然回想：決定放感情下去的時候，自己並不衝動，是經過仔細考慮過的，而今變化之快，對方迅雷不及掩耳地露出本性，才驚覺自己被騙。

負面情緒還在的時候，當然會怪罪對方騙你。時間久了、次數多了，才知道其實是被自己所騙。無論是商品廣告、置入行銷、或帥哥美女，決定要擁有的當下，常常是覺得自己真的很欠缺，渴望立刻到手。儘管，下決定的片刻，自以為是理性的，但其實想得並不夠周延。

情人的變化，絕對比商品快速。更重要的事實是：未必是對方有變化，而是你對他的了解不夠多。但公平一點想吧！即使是對方的變化，很可能是來自你的變化，所以也不能全怪對方。

感情的互動，是兩個人的事。感覺自己被騙的時候，不妨回頭問：是否被自己所騙？

答案若是一味地歸咎於對方的錯誤，內心的損失就無法補償。唯有願意承認自己錯了，才會在經驗中成長。

【失望】：在愛裡，堆砌出過多的期待所造成的後果，一般來說，最大的幫兇就是自己。

同病相憐
不是愛。

從同情開始的愛情，
常因為缺少自信，而衍生很多的委屈。
即使，還是願意相守在一起，
但就是不容易獲得真正的快樂。

如果曾經有過被拋棄的經驗，通常感受都很不好。尤其在自己覺得根本沒有做錯什麼事情的情況下，更會有一種「無故就被拋棄；對方很沒良心！」的感覺，因此留下難以療癒的傷痕。

比這個更慘的是，如果連續幾次戀愛，都是對方主動提出分手，即使是經過雙方協議，同意好聚好散，但因為自己並沒有覺得到了「非分不可」的地步，而是在對方的軟式逼迫下，為了維持風度而同意結束感情，那種連續「被拋棄」的負面感受，就會因此深植於心。

於是，下次再碰到心動的對象，基於多次「一朝被蛇咬；三年

怕草繩。」的恐懼感，在讓自己陷入情網之前，會很想問對方：「你之前的分手經驗，是對方主動提出的、或是你主動提出的？」這個傻問題。

如果對方也很傻地給了以下的答案：「我都是被拋棄的那一方！」兩個人就會一起傻傻地生起同病相憐的悲憫，甚至因此而決定要在一起。

套用「吸引力法則」的原理，這是比較負面的磁場，兩個經常被拋棄的人，心中懷著無比的怨念，因此吸引彼此靠近。

抱著「同是天涯淪落人；相逢何必曾相識」的情懷，很容易產生盲目的好感。彷彿是把雙方的信任基礎，建立於「他也曾經有過多次被拋棄的經驗，應該會知道那種痛苦，可能比較懂得珍惜，不會輕易背叛我」的假設上。

或許，這樣的假設並不為過，很可能也有幾分道理。但是，愛情的美好，應該建立於彼此的賞識，而不是同情。

從同情開始的愛情，常因為缺少自信，而衍生很多的委屈。

即使，還是願意相守在一起，但就是不容易獲得真正的快樂。同病相憐的愛，藏著尚未療癒的病態。不如先回來把創傷處理好，再開始重新去愛。

【同病相憐】：在愛中，看懂彼此的創傷，但也可能變成互揭傷疤的反射。

感情中自討苦吃。

當痛苦到極致的臨界點，
斷然醒覺那些痛苦不是對方給的，
明白了所有的難過，都是因為自討苦吃。

你曾經在感情中受苦嗎？或者，你現在正處於水深火熱之中？無論這份痛苦是過去式、或是現在進行式，要到什麼時候，才會讓這份來自感情不如意的痛苦，變成生命更加成熟的救贖？

有很年輕的女孩問我：「痛苦和救贖，最大的不同是什麼？」我想，她必定還處於痛苦中，所以無論怎麼想也不容易走出來，更難以分辨痛苦和救贖有什麼不一樣。

痛苦，就是痛苦。它讓你不快樂，而且憎恨對方。讓你很無奈地矛盾在愛與恨的糾結裡，明明深深愛著對方，卻又恨他到了無以復加的地步。你知道自己不該這樣下去，卻又周而復始地一再陷入萬丈深淵。痛苦，是很有魔力的感覺，讓人緊緊抓著不放，怕放開之後，自己就會失去還想要繼續再愛下去的感覺。

救贖，顯然不是這樣的掙扎。它在你最痛苦的時候，帶你離開情緒的困境，幫助你看清楚以下的事實：原來，那些痛苦不是對方給你的，而是你甘願要讓自己痛苦的。

那時的你，好傻。以為唯有讓自己痛苦，才有活著的感覺；以為感情只有痛苦和麻木兩種滋味。於是你逼自己二選一的結果，就是繼續留在痛苦中，因為你不想要過著行屍走肉的生活。

感情最大的痛苦，莫過於對方不愛了，而你還愛著。即使對方已經離開很多年，你的怨恨還能與日俱增，如同本金加利息。無疑的，那確實是一種慢性自殺行為，甚至你試圖用自己的痛苦，換得對方的垂憐，你明知道對方不為所動，還是希望藉此懲罰他。

可是，連這樣的懲罰都已經無效。只要你能學會明白這個殘酷的事實——只有你還在乎他，而他根本已經不在乎你。

當痛苦到極致的臨界點，斷然醒覺那些痛苦不是對方給的，明白所有的難過，都是因為自討苦吃。你就是因為輕易讓愛超過自我承載的程度而變成了恨，才會在矛盾中掙扎拉扯。唯有不再怨對方，不再怪自己，願意承擔自己該負的責任，甘心承認曾經有過的快樂，才會在放手之後釋然。

此刻，那些感情的痛苦，終於成為可以讓生命更加成熟的救贖。過去，未必讓你不屑一顧，只不過你看待過去的眼光，多了一點慈悲的溫柔。

【愛的學習】：一次又一次的經歷，若沒有讓你學會一些愛的道理，就很有可能會惡化為自討苦吃。

陪他看往事的風景。

他跟前任曾經到此一遊，那又怎樣？
那些都過去了啊，就是他跟前任無緣，
今天你才有機會站在這裡。
這個想法，會幫助你立於不敗之地。

年輕的愛戀與激情，難免充滿比較與嫉妒。喜歡旅行的男友，帶著她玩遍各地，剛開始的時候確實幸福甜蜜，但隨著他表現出來經驗豐富的樣子，她不免開始起疑：「你是不是帶前女友，來過這裡？」

答案已經很明顯，還用問嗎？但癡傻的問題，既然已經說出口，能夠期待對方給出怎樣聰明的答案？他若是以短暫的沉默、或是換個話題，應付掉這個問題，已經算是風度翩翩。

難道他應該坦率直接地回答：「是啊，怎樣？」或是撒謊：「沒有。」前者，讓你一時語塞；後者，令你更不信任。兩者，都會使彼此不快樂。

和情人出去遊玩，最煞風景的事，莫過於問對方：「你是不是和前任來過這裡？」只要話一出口，保證遊興盡失。

尤其是那種喜歡打蛇隨棍上的問法：「那是什麼時候的事？」「你還是忘不了對方吧？」最容易擦槍走火。

即使你心中有些懷疑，也從對方眼底看出他的很多回憶，請靜靜讓那部已經泛黃的電影，片片斷斷在他心底重播一次，不要去探問、不要去猜忌。

如果你還是很不安，只要在心中默默告訴自己：是的。他跟前任曾經到此一遊，那又怎樣？那些都過去了啊，就是他跟前任無緣，今天你才有機會站在這裡。這個想法，會幫助你立於不敗之地。

時間，確實流逝得很殘酷；但是，時間也會讓你因為它的稍縱即逝，而讓自己變得很多情。等到年歲漸長，你變得成熟，想法和態度就會不一樣。

誰沒有過去、哪個人沒有滄桑？當愛情的列車，一路爬升到心智成熟的緩坡段，你將發現：沿途中最美的旅程，是你願意陪他去看往事的風景，站在山巔水涯，共同欣賞。

或滄桑、或美麗，都在一念之間。

尤其是他忘不掉的過去，需要一輩子的療癒，終將因為你的體諒與陪伴，而讓彼此的情意更加深長。

【前任】：感謝這個人的放手，讓你有機會成為「現任」。

最在乎的那個人。

曾經因為最在乎一個人，
而願意付出一切努力，讓自己變得更好；
但也可能因為太在乎對方，
而讓自己沉淪甚至迷失。

生命中，曾經有過一個你心中最在乎的人嗎？

或許，因為階段不同，你最在乎的這個人，對你的意義也不同。

孩童時候，你或許最在乎的是爸爸、或媽媽。他的疼愛，讓你感覺幸福；他的期望，讓你力爭上游；他的疏忽，讓你變成一個沒有安全感的人。

再長大一點，你最在乎的人，可能是某個玩伴或手足。他陪你度過漫長無聊的時光；他成為你學習的榜樣；他讓你初嘗人生的聚散無常。

後來，若幸運的話，你碰到一個很好的老師，他在你快要對自己

失去信心的時候，教會你如何對人生不絕望。你最在乎這位老師的原因，是不想辜負他對你的教導，你開始懂得主動追求進步成長。

終於，那個你以為會託付終身的人出現了。在戀情不夠確定之前，你最在乎的是：他是否明白你的心意？正式在一起後，你最在乎的是：他是否跟你同心？緣盡情滅之後，你最在乎的是：他過得好嗎？他後悔跟你分手嗎？

你明明知道，他已經不在乎你，你更不必在乎他了。但你仍怨著、嘆著、盼著……直到下一個你最在乎的人出現，取代他的位置。卻萬萬沒想到，這是人生的另一個惡性循環。

而且，有時候會碰到一種很可怕的狀況，當對方愈不在乎你，你就愈在乎他。換個說法也成立，你愈不在乎他，他愈在乎你。

原來，我們都曾經因為最在乎一個人，而願意付出一切努力，讓自己變得更好；但是也可能因為太在乎對方，而讓自己沉淪、甚至迷失。到頭來才發現，我們忘了一件更重要的事——我夠在乎自己嗎？

我們要學習的，不僅是在乎自己，而且是剛剛好的在乎，不要太過度在乎，也不要完全不在乎。不要在乎自己，到了目中無人的程度；也不要不在乎自己，到可以被愛傷得毫無尊嚴的地步。

【在乎】：一種該設下停損點的情緒反應。你最深最好的在乎，請留給最值得的那個人。

愛情最大的自信。

決定離開的當下，或許難免殘酷；
但過去的美好，絕對不容置疑。
如果分手的副作用，是讓你否定掉從前曾經發生的一切，
那對雙方都太不公平。

一段感情談到最後，若能給相愛的雙方最大的自信，並不只是：彼此變成更好的人、心智變得成熟、懂得欣賞自己的優點或才華、願意珍惜人生的意義與價值……而是知道有一天當兩人不得不分開的時候，可以無愧無憾地放手。不論，無法繼續在一起的原因是什麼，會是誰主動要離開，只盼必須分別的那一天，彼此都心甘情願，

給對方祝福。

很多失戀的人之所以感到心碎，心中浮現的自我旁白，往往大同小異，句型都是：「我這麼愛你，你怎麼可以這樣對我！」這句話已經足夠抹煞過去兩個人的一切美好，也否定了雙方曾經努力的付出。

決定離開的當下，或許難免殘酷；但過去的美好，絕對不容置疑。

如果分手的副作用，是讓你否定掉從前曾經發生的一切，那對雙方都太不公平。

我聽過療癒多年還走不出情傷的朋友，訴說過她心裡始終打不開的結：「我努力想要忘掉過去，並且說服自己那些都是假的、他都是騙人的，但就是做不到。」身為好友，我當然不能評論什麼，只能安靜地傾聽。但若以一個旁觀者理性的覺察，就會知道她之所以無法療癒自己的原因——自欺欺人。

如果過去是忘不掉的，為什麼要苛求自己忘掉？如果那些美好的畫面，都曾經實際發生過，為什麼要教自己做違心之論，說那些是假的、他是騙人的？

過去已經發生的事情，若忘不掉，就記著吧！

那些美好的畫面、甜蜜的情話，在發生的當下，都是真的。

只是後來某一個原因，對方改變了想法與態度，他到站要下車了，不能因此而騙自己說，之前風光明媚的幾站，都只是在黑暗中通過隧道。

真正的愛，不是在一起時你對他有多好；而是有一天必須分開時，你願不願意在感謝他的陪伴之後，甘心情願地放手——放走他、或放下自己。如果做不到，表示你沒有那麼愛他，你對愛的自信，明顯不足。

【過去】：離開愛的你，要讓過去過得去，才能把記憶轉化為人生路上的美景。

萬籟俱寂的街道。

我喜歡夜深人靜時趴在窗邊，靜靜看著街道，
那些行人和車輛都已經消失無蹤的畫面，
沉睡了日間的塵囂與雜念，
卻甦醒了心中真正的在意與想念。

高度，是一種視野；寂靜，是一種心情。

當你身處墨色黑夜的高處向下遠望，就會得到既疏離、又親密的感動。疏離的是，理智的距離。親密的是，情感的熟悉。就像心中想念的那個人，他如此貼近、卻又如此遙遠。

有些位於海港的都市，觀光客預訂飯店住宿的時候，可能會面臨兩種選擇：面向海景、或街景。通常，面向海景的房間，費用比較高。很多觀光客願意多花點錢，選擇海景房，甚至因此而讓海景房炙手可熱，在特定的假日裡出現「一房難求」熱潮。

有趣的是，我的朋友懂得深自反省與懺悔，他在旅行中早出晚

歸，真正停留在客房裡的時間很少。清晨錯過海上的日出，晚上回到房間，落地窗外一片漆黑，自認為平白糟蹋了入住面向海景房間的享受。

我固然喜歡面對海景的遼闊，偶爾被安排到市景房間，也不會感到失落。老實說，我還滿喜歡在靜夜中俯瞰市區的萬家燈火。隨著時間漸漸入夜，人車慢慢減少，只剩下萬籟俱寂的街道，偶爾一隻貓從路燈下穿過。那畫面很乾淨、很簡單，但是會給人帶來很豐富的想像空間。

此刻的你，睡了嗎？那些我們一起走過的街道和回憶，都還醒著呢。

旅居巴黎的時光，我曾寄住於一幢堪稱古蹟建築第六層的閣樓，無論晴雨晨昏，彷彿陽光和雨滴降臨大地時，都會先來造訪我。

透過木窗遠眺，可以看到前方的巴黎鐵塔，也可俯瞰鄰近的街道。我喜歡夜深人靜時趴在窗邊，靜靜看著街道，那些行人和車輛都已經消失無蹤的畫面，沉睡了日間的塵囂與雜念，卻甦醒了心中真正的在意與想念。

偶爾，會聽見木製的旋轉樓梯，傳來鄰居夜歸的腳步聲，直到他很禮貌、也很體貼地、小心翼翼地、輕輕帶上門把。那樓梯不知道已經乘載過幾代人間悲歡離合，卻始終安靜地默默陪伴著來來往往的過客。像深夜裡萬籟俱寂的街道，瀰漫著愛過的痕跡。

【睡了嗎？】：一個人寂靜的夜裡，對那個住在心上的人，告別每天的假想提問。

單身的
終極利益。

真正的單身，最可貴的不是自由，
而是可以名正言順地放棄所有的戰鬥。
當我可以與自己和解，就已經沒有對手。

是對愛的恐懼，讓你每次遇見可能的感情對象，都會裹足不前；還是因為從來都不想，令你即使面對明明可以心動的人，都能無欲則剛？

要經過多少試煉，那個讓你一直保持單身的原因，終於才會漸漸浮現。於是你學會回答自己：沒有恐懼什麼，也沒有特別壓抑，只是我不再會輕易去愛。

對愛恐懼的說法，是個誤解。彷彿單身的狀態，是給過去某一個人在心上保留永遠無法回來的空間。

對不起！他沒那麼重要；我沒那麼傻。

朋友口中的「無欲則剛」，若不是過度褒獎，就是另類嘲諷。每

個人都需要愛，即使是已經麻木不仁的人，也不能對愛完全「無欲則剛」。而自己最清楚，尚未修鍊到可以無欲的地步。

只是和做其他事情比較起來，目前暫時沒有人可以勾引出內心的動力，可以讓單身的人去為他破例。熬夜等電話、精心打扮自己、替對方選禮物、找美食餐廳的資訊、問朋友哪部電影好看……當自由自在慣了，那些曾經為了另一個人而做的努力，都變得好累。

即使突然出現一個很願意為愛付出的人，他說：「從現在開始，這些事都交給我吧，你只要坐享其成就好。」還是無法激勵出你願意讓「芝麻開門」的熱情。不是他做得不好，而是你從來就不是那樣可以坐享其成的人。

經歷過愛情的千萬風景，我們的人生並沒有變成黑白的。只是有一段很長的時間，會感覺自己沒有鬥志了。不再需要一個對象來磨練自己、或將就自己去配合對方。於是，選擇單身。

單身的終極利益是什麼？

不懂的人，都以為是我們意志消沉了。

只有已經徹底習慣單身的人，才會明白：真正的單身，最可貴的不是自由，而是可以名正言順地放棄所有的戰鬥。當我可以與自己和解，就已經沒有對手。

【單身】：學著和自己好好相處，不只是為了一個人時可以快樂，而是兩個人之後也才能品味幸福。

分手後的我愛你。

最令女人悲傷卻莫過於，當愛情還在的時候，
男人因為害羞而說不出「我愛妳」，
直到分手後，男人才說出「我愛妳」。

女人都喜歡聽到心愛的男人對她說：「我愛妳」，只要出於真心，這三個字總有凡人無法擋的魅力。

許多女人在熱戀時，很難逼出男人的那句「我愛妳！」然而，最令女人悲傷卻莫過於，當愛情還在的時候，男人因為害羞而說不出「我愛妳」，直到分手後，男人才說出「我愛妳」，就算他的語氣裡有多少懺悔、感謝，和疼惜，女人聽了只有更難過而已。

LOVE
YOU

她和男友剛在一起時，情況還算好。男人說他個性靦腆，不喜歡把愛掛在嘴邊，平常相處總是聽不到「我愛妳」，她也習以為常。偶爾在激情的時候，聽見他以喃喃自語的方式說出這三個字，當作給她肢體翻滾的犒賞。後來，好一陣子，他連興奮的時候，都把這三個字給省略了。

心地善良厚道的她，以為這是感情進展到「老夫老妻」階段的必然；並不知道他是因為暗自劈腿有愧於心，而失去說出「我愛妳！」的資格與勇氣。

直到分手，她還不知道真正的原因。頂多，就是以為緣盡情滅，他已經不愛她了。

怎知道經過多年以後，他才吐露實情，招認當年感情中還有另一個女人的困境。

事過境遷，她心中的傷痕才漸漸療癒，卻在這句「其實我一直還是愛妳的！」中，讓血與淚一湧而盡。

這句遲來的「我愛妳」，遠遠超過愛情的有效期限，聽了還會有

感傷與悸動，表示原來以為已經死了的心，並不如想像中平靜
分手後的男人回來說「我愛妳」，只是為了彌補他當年的虧欠。而已經徹底心碎的女人，並不期待這樣的補償。寧願這個不懂愛的男人，這輩子真的從來沒有愛過她。
已經成為過去式的愛，多說無益。如果分手之後，你的情人回來跟你說愛，請你千萬不要動搖已經放棄他的心念，人生的眼光還是要向前看啊！

【分手後】：甜蜜終止的時間點，越過之後，不管是甜的、是苦的，都不是屬於你的了。

我並不是
他的菜。

愛情，有時候就是這樣惱人的遊戲。
眾裡尋他千百度；那人卻在燈火闌珊處。
總要愛過很多不適合的人，千瘡百孔之後，
終於才知道自己真正要的是什麼。

✧

女孩對男孩一見鍾情，互相交換臉書，美好的愛戀正要展開。

沒想到，才熱烈往返訊息過了一夜，女孩變得萬分沮喪。她疑惑地來找我泣訴：「怎麼辦？從他過去交往的女友類型看起來，我明明不是他的菜。可是，他卻說，我是他的最愛。」

通常這種疑難雜症，確實交由我研判就對了。

花一個多小時研究他們彼此的臉書，以及往返的私訊，立刻可以找到問題癥結。男孩過去的幾任交往的對象，都是長髮披肩、浪漫動人的女孩，而她卻是留著俏麗的短髮，個性俐落大方的女孩。

如果，她明明不是他的菜；為什麼，他會說她是他的最愛呢？

其實，從善意的角度來說，這真的是有可能的。這個男孩心中的真命天女，本來就是像她這樣留著俏麗的短髮，個性俐落大方的女孩，只是他之前一直沒有緣分可以遇到她這一類型的女孩，情海中幾番尋尋覓覓、數度波波折折，終於才和她相逢。

過去的種種錯誤配對，只是為了印證現在眼前的這個人是對的。愛情，有時候就是這樣惱人的遊戲。眾裡尋他千百度；那人卻在燈火闌珊處。總要愛過很多不適合的人，千瘡百孔之後，終於才知道自己真正要的是什麼。於是，當真正適合自己的人出現的時候，更會百般珍惜這樣難得的情分。

如果我是那個女孩，不但不會過度擔心自己，可能還會帶著幾分的心疼。若不是我遲來得這麼久，對方怎會把時間浪擲在那些根本不適合他的對象身上。

聽到我用這樣角度的解釋，朋友反應大不同。有些朋友感同身受；有些朋友覺得自信過度。前者，只願不計前嫌地愛在當下；後者，擔心會不會只是一時意亂情迷？

然而，哪一段愛情的開始，不是意亂情迷？即使其中有一方確實有點言不由衷，甚至蓄意欺騙，我們也愛上了那樣的謊言，然後在患得患失中千迴百轉，總要等到事過境遷，真相浮出，才知道自己賭贏或賭輸。當下唯一能做的，就是好好享受吧。

保持適度的清醒，是必要的；但也別太清醒，否則永遠進入不了狀況。

【對的人】：好的對象，不只取決於他很好，更重要的是他也同時讓你成為一個更好的人。

默默付出的感情。

付出比接受更困難的地方，
並不是你有多少能力、或給對方什麼東西？
而是我們很少可以真正知道，
對方要的究竟是什麼？

是不是每個人當學生的時候，都會玩過「小主人，小天使」的遊戲？讓你學會默默對一個人付出關心，不求回報？

然而，遊戲畢竟只是遊戲。即使玩的時候很認真，倒還不至於讓你對得失太過在意。除非，你關懷的對象，正巧是心中最在意的人。

當遊戲告一段落，真實的身分揭曉，結果會是兩個人幸福的開始、或尷尬地結束呢？

就像人生所有始料未及的事情一樣，只要用心付出，都是難忘的經歷。總要經過很多悲歡離合之後，我們才會漸漸懂了：付出比接受更困難的地方，並不是你有多少能力、或給對方什麼東西？而是我們

很少可以真正知道，對方要的究竟是什麼？

在此之前，我們常常白花力氣；在此之後，我們往往後悔不已。唯有在適當的時機，給對方真正需要的東西，這樣的付出才會變得有意義。

可惜的是，連這樣付出都未必如意。當你付出的對象，並不希望從你手中拿到這個禮物，也就是說，她或許很喜歡這個禮物，但不想跟你有所牽扯。所有的美意，都枉費了。

有個女孩正渴望著一支新手機，生日當天收到唯一的禮物，就是她夢寐以求的手機，賀卡上只有四個字：知名不具。

「好老派的浪漫啊！」身邊的朋友既羨慕又嫉妒地說。

她的驚喜，變成很不確定的一團疑雲，飄來飄去。

知道有人對自己默默付出，卻無法回報的感覺，因人而異。有一種人理所當然地接受，毫不在意；另一種人忐忑不安，倍感壓力。她的心情不斷徘徊，既暗自歡喜，卻又忐忑不安。

送她手機的男孩，幾年來都一直沒有現身。

那是一份默默付出的感情，可以濃烈到生死相許，可以淡泊到只做知己，也可以什麼都不是。

或許男孩心裡已經有譜——即使明明知道你不愛我，我所付出的心意，既成就不了愛情、也無法昇華成友誼，不如讓它永遠是一個幸福的謎。

【付出】：必須也是對方想要的，才是真正無私的給予。

PART FOUR

還擁有，牽了手就不放手

因為流浪太久，而渴望一份可以暫時安頓身心的港灣，

疲累讓我們降低標準、不再挑剔，愛到昏天暗地；

但終究會有醒覺的一刻，看到自己當時的自私和怯懦。

愛的千變萬化，反而是兩個人相處時必須面對的常態。

看緊一點、或放鬆一些，未必會幫你留住對方。

比較需要留意的，反而是相處時的每一天，雙方是否安心自在。

擁有而不佔有。

「擁有」是確定得到，暫時放在手邊，還做好隨時可能失去的準備；
「佔有」是不但狠狠地把對方據為己有，還逼著他失去自由。

和朋友討論感情的特質時，有位我並不熟的女性朋友，在聚會的時候自信滿滿地說，她很能應對水瓶男，聲稱只要把握「擁有而不佔有」的原則，就能讓水瓶男服服貼貼，還說她用這個方法征服了很多水瓶男。坦白說，我在心中竊笑，原因是發現她的說法和事實有矛盾。若她真能把握「擁有而不佔有」的原則，而且據此征服了水瓶男，為什麼會有「很多」的說法，而不是和其中一個男人長久相處，感情就此固定下來呢？

那我的結論該會是什麼？繼續說水瓶男真的愛好自由，很難安定下來？或是說她的功力太差，還不足以馴服水瓶男？

畢竟兩種說法都不周延，也很得罪人。我真正想討論的重點是「擁有而不佔有」的原則很弔詭，或者它只是一種文字遊戲而已。我認真想想，所謂「擁有」和「佔有」，會不會只是控制程度上的差別而已？例如：「擁有」是確定得到，暫時放在手邊，還做好隨時可能失去的準備；「佔有」是不但狠狠地把對方據為己有，還逼著他失去自由。

無論「擁有」和「佔有」差別究竟是什麼，以上兩種推測，都讓我滿害怕。對現階段的我來說，談感情無非就是互相陪伴的過程，說是「擁有」或「佔有」，都有點沉重了點。因為，彼此都需要自由。

雖然我認識很多位知名的星座專家，也很敬佩他們神準的分析與建議，自己卻很少在寫作中以星座歸類個案或故事的人物性格。倒是因為自己是水瓶座的關係，若聽聞水瓶座有哪些特質時，總會特別關注，甚至放大檢視，對照看看自己是否真的被說中。

其中有關水瓶座愛好自由的說法，最能說服我相信這確實是真的。客觀來講，誰不愛好自由呢？很多人都害怕被綑綁的感覺。但是因為年歲漸長，對人生有些粗淺的了悟，應對之道，是用自律換取更多自由。簡單而具體的做法，舉例來說，就是搶先把工作做完，就可以有更多時間玩樂，而不是為了玩樂，放棄分內該做的事。

我熱愛工作，但並不是跟工作談戀愛，我沒那麼變態，而且我深知工作和感情的差別。感情到了某個境界，是你不需要擁有我，我也不需要擁有你，相互之間除了珍惜，還有一些很必要的禮貌與尊重。

才女陳文茜在她廣播節目小片頭中，說了一句經典文案「我抓不住你，你也不用抓住我」，套用的是我們小時候傳統相機軟片的廣告詞，卻是現代感情最高境界的詮釋。

或許就是因為能夠到達這個境界的人，為數不多，所以單身成了想要自由的人，在感情世界裡唯一的、也是最好的選擇。

【擁有】：若能保存自由的成分，兩人之間將沉浸在最溫柔的眷戀中。

幸福的機率。

真正可以讓人生重新開始的，
是船過水無痕的坦然，
不要記憶、不要負擔、不要藉口。
像初戀那樣，既覺得沒有把握，
卻願意把全世界都給對方。

如果按照統計學的理論，每次戀愛都應該是獨立事件，若在展開戀愛之初，預估這段感情成敗的機率，應該是各佔50％。即使你再多麼保守或悲觀，都有一半的成功機率。

然而，這只是學術的、理智的統計，真正的戀愛並非如此。每次戀愛看似是一個獨立事件，但其實它從來就不單獨存在。這次的戀愛發展，受上一次的感情的過程與結果影響甚鉅。

不幸的是，之所以會開始下一段感情，多半表示上一次感情並不順利，才會導致分手的結局。甚至，心中還殘留著很深的陰影，揮之

不去。愈是這樣，新戀情成功的機率愈低。

千萬不要相信「用一段新的感情，可以療癒上一段感情的創傷」這樣的說法，它只會讓你嘗到「舊疤未癒；新傷更痛」的滋味。

唯一的例外是，結束上一段感情時，雙方並沒有任何失戀的感覺，就是很單純地覺得彼此不合適，好好說再見，並且心存感激，謝謝他這樣對待你，而你也願意祝福對方。

對上一段已經分手的感情，心中毫無芥蒂，既沒有牽掛、也沒有悔恨、更沒有愧疚，情緒上徹底地切割清楚，理智裡也沒有任何負面印象。開始下一段感情時，才能算是一個獨立的事件，成敗機率才能從50％算起。否則，想要修成正果，只會愈來愈吃力，成功機率再創新低。

當感情告終，你的心可以重新歸零嗎？如果還殘存著些什麼，那會是養分、還是陰影？

兩段感情之間，會是完全獨立的事件嗎？當你離開一個愛過的人之後，無論隔了多久，可以投入另一段感情，並且讓人生重新開始的憑藉，其實應該是船過水無痕的坦然，不要記憶、不要負擔、不要藉口。像初戀那樣，既覺得沒有把握，卻願意把全世界都給對方。那麼愚笨、又那麼勇敢。

世界上的很多事，有些經驗會是比較好的。唯獨感情這件事，所有的經驗未必是好的。除非，你已經懂得如何正向地看待過往。

【愛的算計】：想要讓愛變成加分題，就必須願意和對方從零開始。

確定真的
要放手。

處理分手，需要靠理性決定，不能讓感性牽著鼻子走。
當你說再見的態度不夠堅定，對方相對地會感到困惑。
就像一個句點，留下不完整的缺口。

✦

面對人生中的每一次分離，從來就不是簡單的事。無論必須面對分離的原因，能夠好好說再見，是最基本的處理原則，卻也是最難做到的境界。

若不能做到好聚好散，就算當下有些情緒還沒有處理完畢，至少讓自己全身而退，悲傷可以慢慢處理。最不堪的分手狀態，其實並非走的時候，沒有優雅地轉身；而是明明跟自己說好要放手了，卻又欲走還留！

處理分手，需要靠理性決定，不能讓感性牽著鼻子走。當你說再見的態度不夠堅定，對方相對地會感到困惑。這就像是一個句點，留下不完整的缺口。你在淚眼朦朧中看這個世界，猶如視力檢查表上每有缺口的圓圈，你分不清楚上下左右，搞得對方無所適從，對方也不知道該怎麼做。

在感情必須做出抉擇的時候，用糾纏不清的態度去處理，只會徒增彼此的困擾，也讓對方看輕你。

有個女孩的情況是這樣的。她和男友相處五年，中間完全沒有第三者，只是時間久了，感情淡了，很多她認為必須要改變的相處模式，男友都置之不理。於是，她以忍無可忍的姿態，跟他提出分手。

當下他有點錯愕，但基於過去的一份愛，他還是同意成全她的自由。

沒想到她竟很懊惱地說：「難道你真的可以說放就放，完全不顧過去多年來累積的感情基礎。」男友愈聽愈模糊，搞不清楚她真正的意圖。

說好要放手了；卻又欲走還留！這樣的實例，在辦公室也常發生。當遭遇不平的對待，或心中有股怨氣難消，就憤而提出辭呈，以為有可能主管會慰留。殊不知主管即使開口慰留，對這個人的忠誠度也打折扣了。

有個好友跟我分享她的悲傷經驗。她說：「有時候選擇放手，是因為自己真的已經不愛了；有時候選擇放手，是因為發現自己愛得比對方多太多。」身為好友，我支持她放手的決定，卻未必完全接受她的理由。

真正的愛，不會因為責怪對方沒有把我的手牽緊，就因為埋怨而貿然地決定放開他的手。那只是不成熟的賭氣，不是真正的愛。如果你真的愛對方，就不要欲走還留。

【成全】：彼此都知道會後悔，明白自己給不了，也只能給對方其他幸福的可能。

我曾傷過你的心。

感情中的很多傷害，未必對方主動揮劍而來，
有時候是自己想不開，
帶著脆弱的心，挺身衝向那最危險的地帶。

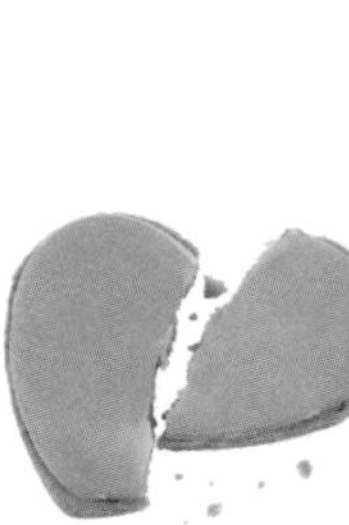

✳

回想所有我聽過的傷心故事，好像絕大多數都是被別人所傷害的經驗，幾乎沒有幾個朋友向我自首，曾經如何傷了別人的心。

那是因為當我們被傷害時的痛苦太深刻、記憶得太久；或是因為當我們讓別人傷心的時候，都理所當然或毫不自覺？

用一個很粗俗的比喻方式，就是當我們挨打的時候，都知道會痛；哪天有意或無意間撞到別人，只要對方若無其事地走開了，我們

是不會了解對方疼痛的感覺。

而且，如果一個人從未挨打過，他就永遠不知道痛是什麼。那些在情場上不斷傷害別人的人，都是這樣的典型。他沒有挨打過，不知道痛的感覺，傷害別人以後，也不知道那樣做會造成別人的痛苦。所以，一再讓別人受傷。

如果，曾經狠狠被傷害過，就不會用同樣的方式去傷害別人。除非，你完全不愛他，或因為遷怒而蓄意報復。

「己所不欲，勿施於人！」這個道理我們都懂啊！偏偏我愛的那個人，他根本不愛他自己了，又怎會在意我會不會痛？而更令自己吃驚的是，當我小心翼翼不去傷害別人的時候，竟也會有人被我所傷。

感情，果然是一把鋒利的劍；遊走江湖，難道就沒人躲得過？

事隔多年以後，聽見朋友口耳相傳而來，說我曾經那樣深深地傷過你的心，還真是有百感交集的意外——都分開好幾年了，你還在意我跟誰在一起，做了什麼？

從不想傷害你的我，因此懂得了感情中留下的很多瘡疤，未必是當時對方主動揮劍而來，有時候是自己想不開，帶著脆弱的心，挺身衝向那最危險的地帶。

我曾傷過你的心！啊，我感到多麼地抱歉。但也容許我有那麼一點點小小的驕傲，可以嗎？我竟然也有本事傷過你，我一直以為你的心，早已經堅強到了刀槍不入的地步了；而自己一直是感情的受害者。

原來，我們都錯估對方了。當殘餘的愛沒有清除乾淨，留在心上某個角落的記憶，就是傷口的所在。

【傷害】：在愛情中，越是用力就越是痛苦的雙刀刃。

寧願曖昧
不肯愛。

愛情的道路，或許是峰迴路轉、柳暗花明；
對於那些遲遲不肯啟程的人，
所有關於探險的樂趣，
只能停留在欣賞地圖的想像。

✳

聽一個朋友跟我分享他失戀後的療傷故事，無意間發現他總是不斷地提到一個關鍵字句：「後來幾個和我搞過曖昧的人……」經過我慎重確認：「自從結束那段感情之後，你是不是已經無法真心投入下一段戀愛？」他驚呼從來沒有察覺自己有這樣的轉變，需要好好重新思考。

他的故事太長，連擅長分析歸納的我，都不知道該如何濃縮精簡、或直接跳躍從哪一段開始，總之，就是結束一段分分合合長達十年的感情後，他陸陸續續有些可能交往的對象，但沒有和任何一個人固定下來好好交往。

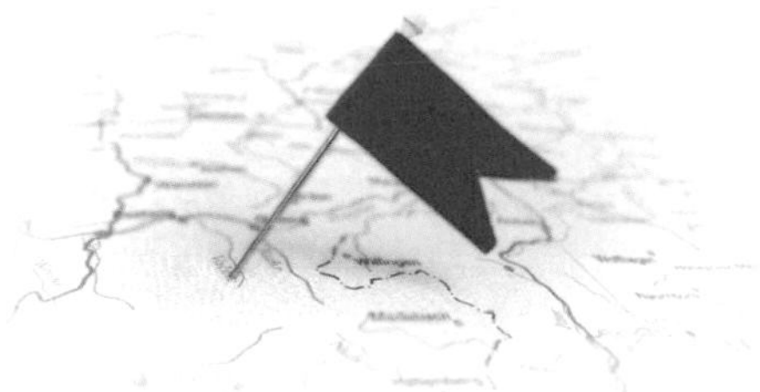

自稱十分渴望幸福的他，可以很瀟灑地和一看就知道不可能相守的女生發生一夜情，碰到真正會心動的女孩卻只能停留在曖昧的階段，即使對方煎熬不過內心的掙扎，而主動向他告白，他都還是遲遲無法承諾要進入正式談戀愛的階段。

我問他：「為什麼不呢？」

他說：「我怕彼此只是一時的衝動！」

戀愛的開始，確實有兩種可能：一見鍾情、或日久生情。我們很難說「一時的衝動」就不會是幸福的開始。表面看來，他的態度確實是很慎重；但是，他其實是害怕再度受傷。

我想起另一個女孩的故事，她曾經碰到曖昧高手，對方和她搞了十年的曖昧。直到她婚後，每年還會寄充滿祝福的賀卡給她，而且很文青地寫著感性的話：「細雪和冬陽，都是我的關懷與祝福。等春風一來，幸福就會綻開。」

婚前，她曾掙扎地問自己：「要不要乾脆把話說清楚，給他一個追求的機會？」後來她仍理智地拒絕自己的這個提案，理由是：這樣的男孩對幸福太沒有擔當。

她說對了。一個只肯把愛停留在曖昧的階段，從不肯正式進入戀愛狀態的男人，未免太投機取巧。他的感情策略，或許是「進可攻、退可守」，但女孩有多少青春可以等待？

愛情的道路，可能是峰迴路轉、柳暗花明；對於那些遲遲不肯啟程的人，所有關於探險的樂趣，只能停留在欣賞地圖的想像。他不是對愛情沒信心，而是對自己沒信心。

【一時衝動】：不怕傷害的一頭熱，需要兩個人在愛情裡的同時盲目。

因為累了
所以愛了。

愛情來的時候，我們常把眼光放在對方條件好不好，
適合不適合？很少回來問自己，
身心狀況是否足夠與之應和，或只是累了，所以愛了。

＊

愛情，不是都令人亢奮嗎？

大多數的時候，是的。

很微妙的是，很少數的時候，也不一定是這樣的。

三十來歲，我有過很特別的經驗，一段很短的戀情，愛得非常投入，分得特別痛苦。事隔多年以後，再去回想那段時光，其實我沒有真正那麼深地愛對方，只是那段期間，因為我實在太累了，所以愛了。

那時的愛情，像一張懸吊在兩棵樹中間的吊床，讓已經跋山涉水到體力不支的我，疲累到可以躺下倒頭就睡的程度。而且，迷濛的夢幻中，我還能感覺四周的陽光好溫暖、清風很柔和、綠草正清新……醒來，伸伸飽足的懶腰，才發現那不是我可以久留的地方，只是太累

了，沒有體力向前走，所以躺了一下。

回顧這段經驗，必須懺悔當時的自私；幸好對方算是心智成熟，而且也沒有看好這一段，所以能夠好聚好散。

毋庸置疑地，以長久的眼光來看，若想好好睡一覺，席夢思會比吊床舒服。然而，每個人在找到生命的席夢思之前，多少都躺過幾張並不真正舒適的吊床。過渡期的時間長短，或許因人而異，但跟當時的體力，也不無關係。

一位女性朋友有過很類似的經驗，她跟男友在一起五年。身邊的好友都說他們不相襯，她卻在他身上得到前所未有的安全感與快樂。膩在他懷裡的那段日子，她變成一個超級懶散的好命女，不用付出心意和勞力，就得到滿滿的愛。

後來，她因為活得完全不像自己，而帶著深深地愧疚離開。感謝他當時願意收留一個疲憊的女人，當她養精蓄銳後，重新有了體力，必須再度開啟孤獨的旅程。

愛情來的時候，我們常把眼光放在對方條件好不好，適合不適合？很少回來問自己：身心狀況是否足夠與之應和？或只是累了，所以愛了。

因為流浪太久，而渴望一份可以暫時安頓身心的港灣，疲累讓我們降低標準、不再挑剔，愛到昏天暗地；但終究會有醒覺的一刻，看到自己當時的自私和怯懦。

【累了】：想要放棄，或安頓下來的念頭。

其實我配不上你。

以「其實我配不上你」說詞提出分手，只有兩種可能。一種是真正的理由；另一種是假裝的藉口。但即使這是真正的理由，未必可以說服對方。

兩人交往一段時間之後，才以「其實我配不上你」為理由分手，表面上好像比較不傷人，實際上並不會比較容易被接受。

以「其實我配不上你」這種說詞提出分手，只有兩種可能。一種是真正的理由；另一種是假裝的藉口。但即使這是真正的理由，未必可以說服對方。她的男友在交往三年之後，用這個理由提出分手。她就相當不能接受，心裡更難過。

當初決定要正式交往之前，她已經單刀直入問過對方：「你不會介意我的學歷比你高吧？」因為她是修到碩士學位，男友是高中畢業。她本身覺得沒關係，但男友的幾位好友曾表示，將來論及婚嫁時這鐵定會是個問題。當時男友斬釘截鐵說：「我會證明給大家看，這不會是問題。」

後來他去補習班報名，計畫考公職，卻只有三分鐘熱度，上了幾個星期的課，就以「白天工作很累」為由，經常缺課。後來，連續兩年都沒有考上公職。熱戀期過了，感情淡了，之前以為不是問題的問題，慢慢浮現了。最後，竟以「其實我配不上你」為理由分手。或許它是事實，但很難接受。

令她感到氣餒的是：他為什麼不努力一點、長進一點，積極去追趕兩人之間所謂「配不上」的距離，而就這樣輕言放棄？更何況這不是交往之初就知道的事情，那時不介意，現在變成問題，真的很難令人心服。

另一種把「其實我配不上你」當藉口以求分手的狀況，就更令人不堪了。有過這種痛苦經驗的另一個男性友人回憶分手的時候，他氣急敗壞地問女友說：「論外貌、能力、家世，妳哪一點配不上我？」她想了很久竟回答：「是很無形的東西，我也說不上來，反正我就是配不上你。」

分手多年後，回想起來，他終於懂了，那個女孩唯一配不上他的地方，就是他愛她比她愛他，多了很多。然而，在這種有關誰付出的愛比較多的感情擂台競賽勝出，並不會令他快樂。他寧願她愛他，愛得比較多，這樣就不會分手。

【配不上】：愛的多寡，就是心裡最真實的度量規格，其他的只是美其名的藉口。

在愛中
進退失據。

如果你的安定，換來對方的飄移，
痛失所愛的苦楚固然令你感到遺憾；
但不妨同情悲憫他對愛的感覺如此匱乏，
才會貪多無厭地把腿劈開。

✳

她覺得對方老實可靠，和他交往時，她非常放心，從不隨便起疑，也不過問他的去處。幾年相處下來，她以為就會這樣幸福下去；但沒想到，就在即將慶祝交往三週年紀念日的前夕，發現他和她交往以來，多次劈腿，至今仍跟另一個女孩互有往來。

朋友都說她傻，不懂得在愛中觀察，對待他的態度過於鬆懈，才會讓他有機會偷吃漏網之魚。其實她並非真的是神經非常大條的女孩，而是不喜歡把戀愛談得像諜對諜一般，時間久了就容易令人欲振乏力。

來回比對幾次朋友的忠告，和自己的想法，她在愛中進退失據，不曉得究竟如何拿捏分寸，才算適宜？

當然也會有另一些朋友安慰她，這是遇人不淑，和如何拿捏掌控的分寸，沒有關係。只要碰到對的人，就不會有「究竟該監控到什麼程度，才算是合宜？」的問題。

在愛中如何給彼此足夠的空氣，得以自由呼吸？如何關心對方到不會踩到紅線的禮貌距離？對於剛開始相愛的人來說，或許不是很容易。

很多人會以成敗論英雄，甚至後悔說：「早知道我就看緊一點（或放鬆一些），這段感情就不會被我搞砸了。」但愛的千變萬化，反而是兩個人相處時必須面對的常態。看緊一點、或放鬆一些，未必會幫你留住對方。比較需要留意的，反而是相處時的每一天，雙方是否安心自在。

如果你的安定，換來對方的飄移，痛失所愛的苦楚，固然令你感到遺憾；但不妨同情悲憫他對愛的感覺如此匱乏，才會貪多無厭地把腿劈開。對感情不忠的人，看起來好像很快樂，其實他內心是非常空虛的。

有一天，轉身回頭，再看看那段已經變成塵封回憶的愛情，你會發現：過去戀情，像是一只壞掉的時鐘，無論上發條或換電池，標記時間的時針、分針、秒針都不再移動，時間停留在分手的那一分、那一秒。所有的遺憾和感動，都早已靜止在歲月中。

【遺憾】：原以為會擁有，後來終究失去。

自由卻
未必快樂。

當我們心有所屬，都甘願被囚禁。
直到有一天，出現不得不分開的理由，才會發現：
只要心中還有對愛的眷戀，
重獲自由之後，卻未必比較快樂。

✳

經過鄰近社區的資源回收中心，看到門口有幾個大大小小、高高低低的木框鳥籠，都是被主人棄置的高檔貨，看起來至少八成新。有圓形的、有方形的；有二、三十公分高的、也有超過一百公分高的。不分大小、無論形狀，它們卻有共同的樣貌，就是——失落。

人去樓空；鳥飛籠寂。

這景象，竟如此怵目驚心。

鳥兒呢？是自己乘機飛走、還是主人不要牠了？或是得了什麼重病，無法繼續陪伴主人？

也許原因各有不同；但相同的結果是：鳥兒不在，主人連籠子

都不要了。他沒想再養其他的鳥；也不想留著鳥籠觸景生情，徒惹傷心。

而這些精緻的鳥籠，當初必定是費心挑選過啊！而今空蕩蕩地被堆放在資源回收中心門口，像陳列愛情遺跡，供來往路人瞻仰。

曾經被豢養在家裡的飛鳥，就像每個人心中的愛情。當我們心有所屬，都甘願被囚禁。直到有一天，出現不得不分開的理由，才會發現：只要心中還有對愛的眷戀，重獲自由之後，卻未必比較快樂。每個失去愛鳥的空籠，呈現欠缺幸福的樣貌。

如果被棄置的，是幾個陳舊破爛的鳥籠。曾經有的幸福，可能更為豐厚。空蕩的寂寥，加倍難以消磨。

據我所知，這個資源回收中心的管理員，本身也是一位愛鳥人士，我還親眼看過他親手製作木架鳥籠，那種專注要給鳥兒一個家的神情，曾經讓我動容。

儘管，在鄰居眼中的他，相當沉默，不愛跟人打交道，偶爾喝點小酒，還曾醉臥於單身住家的門口。幸福，對他來說，也像是眼前這些被棄置的鳥籠，敞開著柵欄，彷彿可以來去自如，但其實只是徒具形式。

沒有鳥的籠，只是一個木架而已；沒有渴望愛的心，人生只剩下行屍走肉。

【自由自在】：其實，一個人自由，卻未必能自在。學會自處，才是一輩子愛的課題。

單身的幸福晚餐。

無論早餐、午餐或晚餐，唯有懂得享受孤獨的人，才會知道：一個人的餐飯裡，有最大的自由、和最深的寂寞。

我應該算是一個很幸福的人吧，因為我幾乎不曾單獨吃晚餐。如果有那樣的機會，必須獨自享用晚餐，我想我會任性一次，乾脆不要吃了。像修行人那樣，過午不食，讓生理的胃腸和心靈的空間都可以清淨。

朋友聽了我的說法，他的反應很吃驚：「你一定要過得這麼淒涼嗎？」後來，自認為很有同理心的他，繼續補上一槍：「哈，我知道啦，你現在是名人，不好意思獨自去吃路邊攤。」

我懶得跟他爭辯！其實我覺得：偶爾過午不食，是難得的幸福，還可以鍛鍊身心；他卻覺得很淒涼。而且，我不愛獨自去外頭吃飯，並非一天兩天的習慣，跟我是不是名人完全無關。從學生時代，我就不愛獨自去吃午餐，若是因為時間不巧，找不到同學一起去吃飯，寧可買便當回宿舍吃，感覺自在很多。

我曾深自反省，問題在哪裡。很快就有答案：一個人吃飯時，不曉得要把眼光放在哪裡？若是只對著餐桌上的佳餚，未免太寂寞了。單人份的餐點，總是不會叫得太多。如果把眼神放空，眼睛看著窗外，嘴裡細嚼慢嚥，確實淒涼。假使盯著別的餐桌的陌生人生望，會不會給別人帶來困擾或誤解，還以為我虎視眈眈想看他吃什麼？

當然，我也很快找到解套的辦法。到國外出差時，住宿飯店多半附贈早餐。我都會帶本書下樓吃飯，讓牛奶、土司、和煎蛋都沾點書香。只要有書為伍，連一個人的早餐都可以豐盛起來。

我想到從前有一位個性很孤僻的女同事，她為避開跟別人吃午餐，總是故意忙到午後快要一點，才匆匆出去吃飯。曾經覺得她滿刻意要孤僻的，後來才知道那需要多大的勇氣與堅強。

無論早餐、午餐或晚餐，唯有懂得享受孤獨的人，才會知道：一個人的餐飯裡，有最大的自由、和最深的寂寞。我再也不用禮貌地招呼你想吃點什麼，也不必為了配合兩個人點餐，而必須妥協彼此的口味。

難以置信的是，有些餐廳竟還明目張膽地表示：尖峰時段，不歡迎顧客單獨一個人用餐。否則，不是要併桌，就是要加價。

這種餐廳的老闆，若非不懂得享受孤獨，就是太知道其中的美妙滋味，才讓顧客付出更多價錢，品味寂寞的幸福。

【單身晚餐】：陪著一起吃飯的，還有不必妥協的自在。

最幸福的
抱著睡。

最幸福的抱著睡，
是在最不需要特別主張自我意識的時候，
基於沒有任何條件的信賴，
於是可以安心地信賴。

✳

距離上一段戀情結束，已經半年多。他仍在尋覓下一段感情，很難得地自我檢討，看看有哪些需要改進的地方。

隨口突然聊起他和前女友的親密關係時，他有點愧疚地說：「每次激情過後，她都希望跟我抱著睡，可是我都故意把她踢開，叫她滾回她的床上。」他的用字遣詞，雖然滿有點大男人主義，但我能聽出他淡淡的悔意。

回想起從青少年時期開始，當我們對愛情有些懵懵懂懂的憧憬，看到西洋電影上的情侶或夫妻，幾乎都是赤裸裸抱著睡，纖細的女性身軀，柔軟地窩在男人壯碩的胸膛上，這個畫面成為少男少女心中對

於未來幸福的嚮往，總以為長大之後的某一天，也可以像男主角或女主角一樣，和心愛的人緊緊依偎著，以傾聽彼此心跳的浪漫之姿，甜甜地進入夢鄉。

直到我們愛過幾個人，經過幾段戀情，嘗試過幾次抱著睡的經驗，才知道未必人人適合、次次舒適、夜夜美好。

或許，是因為體型；或許，是因為姿勢；或許，是因為溫度；或許，是因為氣氛；或許，是因為習慣；或許……還有很多連自己和對方都不清楚的原因。總之，某個纏綿過後，很盡力想抱著對方卻一直睡不著的夜晚，終於學會面對這個殘酷的事實：原來，並不真正想要跟對方抱著睡覺。

此刻，突然很想掙脫這個曾經盼望很久的懷抱，回到一個人可以獨自霸佔整張床的豪放。未必是不愛對方了，只是不想抱著睡。

於是懷念起母親或父親給過最初的臂彎，那是每個嬰兒曾經全然把自己託付出去的溫柔懷抱。我們終於明白：最幸福的抱著睡，是在最不需要特別主張自我意識的時候，基於沒有任何條件的信賴，於是可以安心地依賴。

如果長大以後，還能擁有這般可以安頓身心的懷抱，讓彼此甜蜜進入夢鄉，那真是上輩子修來的幸福啊！

【一個人睡的幸福】：睡前還可以安心地信賴並思念那個不在身邊的人，不管他會不會知道。

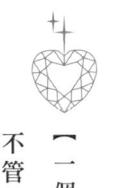

和所愛的人
終老。

中年，是個回頭看已經錯過很多，
往前看還有一些希望的階段。
關於人生，雙方都不勉強；
感情，於是豁然開朗。

年輕的時候，當我熱烈地愛著一個人，總信誓旦旦地說，要跟他終老！走在路上，我羨慕過攜手同行的老夫老妻；路經深山的公園，我以崇拜的眼神，尊敬著騎車上山賞月的銀髮伴侶。

是的。和絕大多數的戀人同樣，我們都以為這樣深深愛著，就一生一世了。非得經歷過感情的背叛、運命的捉弄，再度落單之後，踽踽獨行於天涯，才會知道「執子之手，與子偕老」有多麼難得。

正因為難得，所以若是能得，那真是太幸運。

能夠和所愛的人終老，如果你們相遇在很年輕的時候，要歷經的考驗勢必很多：學業、工作、金錢、家人、婚姻、外遇、子女、父

母……等問題，裡面充滿大大小小的考驗與陷阱。

逐一通過每項考驗，才有機會往「一起終老」的方向前進。即使是這樣，「一起終老」仍只是一種甜蜜而幸福的想像而已。

人到中年，有過幾段感情，換過幾次工作、生過幾場病，甚至結束一段婚姻，送走一位或兩位至親的體會，慢慢知道「一起終老」的可貴，也才了解兩個人「一起終老」，所需要的並不是浪漫的激情，而是很多的包容、很深的謙虛、很大的勇氣……還有，很豐富的生活技能，包括：廚師、看護、修馬桶、換燈管、改褲長、心理諮商、創傷療癒、理財規畫。

當你的眼角有歲月的風雪、他的髮鬢有時光的銀霜、彼此的人生有些微的遺憾，然後兩人相遇在體力漸漸不如當年，而夢想愈來愈柔軟的地方。此刻，你看人的眼神不再銳利，他待人的方式不再苛求。彼此對望一眼，互相覺得心安。

歲月無驚，來日方長。中年，是個回頭看已經錯過很多，往前看還有一些希望的階段。關於人生，雙方都不勉強；感情，於是豁然開朗。

想和你一起終老！在我們還能走的時候，攜手相互陪伴；看誰先走不動，另一個願意守在病床——或許，那張床也是我們曾經纏綿過千百個夜晚的地方。

【想和你一起終老】：比「我愛你」還要來得深切的溫暖承諾。

相愛在最後一世。

如果，我們在此生之後不會重返人間；
每一次相遇、每一段關係，都將是靈魂的最後一次經歷。
但是否必須因為這樣，我們才懂得完整的接納與萬般的珍惜。

你相信輪迴嗎？你的前世曾從哪裡來；你的來生將往何處去？

當你遇見最愛的人，在某些時刻，是否有過前世今生的感覺——有點似曾相識的熟悉，或許是千百年前的一段廝守、或一次錯過，而今生終於再見。驚喜於久別重逢；嘆慰著別來無恙。

好友送給我一本書，講述印度納迪葉的傳奇，追尋靈性成長的有緣人會找到一片專屬於自己的葉子，上面記載了前世今生的種種來

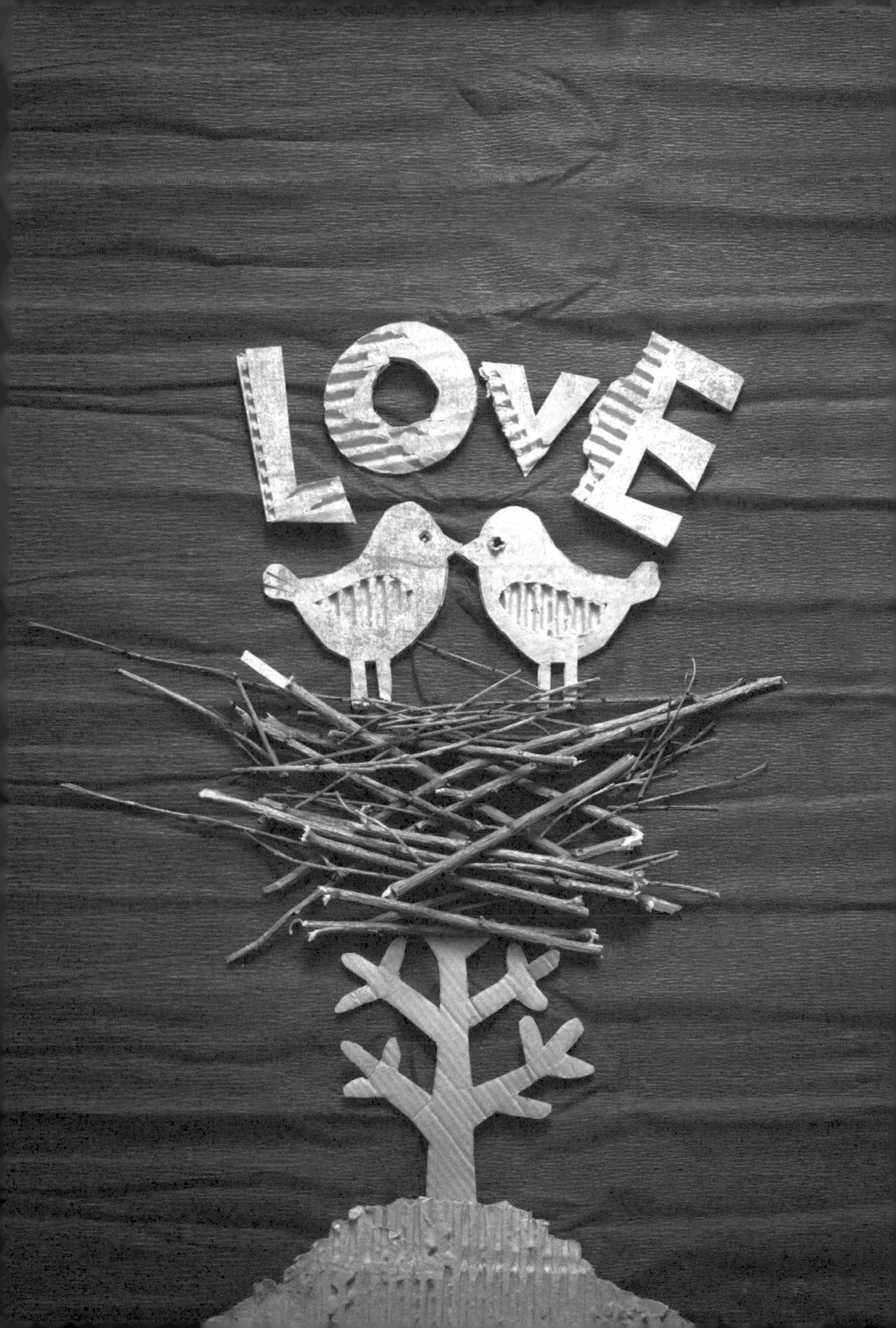
LOVE

歷。你的父、你的母、你的手足、你的伴侶……屬於這本書作者的那片葉子記載，這是她在地球的最後一世。因此，她更懂得接納與珍惜。

如果，我們在此生之後不會重返人間；每一次相遇、每一段關係，都將是靈魂的最後一次經歷。但是否必須因為這樣，我們才懂得完整的接納與萬般的珍惜。

並非每個人都有機會透過靈性的專家，找到專屬於自己的納迪葉。或許，有些人可以透過別的方式、或不同的靈媒，完整地解析前世今生的脈絡。而我的疑問總是：接下來呢？知道自己的前世是個王子或奴僕，這一生就會活得更甘願、更臣服嗎？

其實，每一段深刻付出的感情，都教人生死相許。即便肉身還在，靈魂未滅，在失去所愛的人那一剎間，我們都好像死過一次那樣。不只是痛苦的程度，還有徹底的告別，都讓我們覺得，在揮別感情的當下，破碎的心已經往生。

若真的是這樣，每一次的愛情，都是一次生死輪迴。所以，現在就當作我們相愛在彼此的最後一世吧，無論之前我們錯過了多少，也不要期待來生再彌補些什麼，只求無怨無悔、無憾無恨地盡情相愛一場，就已經足夠了。

你可以不相信輪迴，你可以不問前世從哪裡來，你可以不問來生將往何處去，但你一定要相信此生的現在，我用最後一世的心情，與你相愛。

【生死相許】：在有生之年，一直守著彼此承諾的兩顆心。

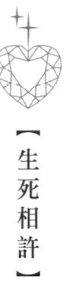

國家圖書館出版品預行編目資料

眼淚是灰燼裡的鑽石：愛後即焚——戀人的最高機密檔案 / 吳若權著 .-- 初版 .-- 臺北市：皇冠 . 2014.07　面；公分（皇冠叢書；第 4404 種）（吳若權幸福書房；05）
ISBN 978-957-33-3087-5（平裝）

855　　103011471

皇冠叢書第 4404 種
吳若權幸福書房 05

眼淚是灰燼裡的鑽石

愛後即焚——戀人的最高機密檔案

作　　者—吳若權
發 行 人—平雲
出版發行—皇冠文化出版有限公司
台北市敦化北路 120 巷 50 號
電話◎ 02-27168888
郵撥帳號◎ 15261516 號
皇冠出版社（香港）有限公司
香港上環文咸東街 50 號寶恒商業中心
23 樓 2301-3 室
電話◎ 2529-1778　傳真◎ 2527-0904
責任主編—盧春旭
責任編輯—陳柚均
美術設計—王瓊瑤
著作完成日期— 2014 年 3 月
初版一刷日期— 2014 年 7 月

法律顧問—王惠光律師

讀者服務傳真專線◎ 02-27150507
電腦編號◎ 545005
ISBN ◎ 978-957-33-3087-5
Printed in Taiwan
本書定價◎新台幣 299 元 / 港幣 100 元

• 皇冠讀樂網：www.crown.com.tw
• 小王子的編輯夢：crownbook.pixnet.net/blog
• 皇冠 Facebook：www.facebook.com/crownbook
• 皇冠 Plurk：www.plurk.com/crownbook

皇冠60週年集點暨抽獎活動專用回函

請將5枚印花剪下後，依序貼在下方的空格內，並填寫您的兌換優先順序，即可免費兌換贈品和參加最高獎金新台幣60萬元的回饋大抽獎。如遇贈品兌換完畢，我們將會依照您的優先順序遞換贈品。

●贈品剩餘數量請參考本活動官網（每週一固定更新）。所有贈品數量有限，送完為止。如贈品兌換完畢，本公司有權更換其他贈品或停止兌換活動（請以本活動官網上的公告為準），但讀者寄回回函仍可參加抽獎活動。

1. ______________ 2. ______________ 3. ______________

●請依您的兌換優先順序填寫所欲兌換贈品的英文字母代號。

1 2 3 4 5

□（**必須打勾始生效**）本人______________（**請簽名，必須簽名始生效**）同意皇冠60週年集點暨抽獎活動辦法和注意事項之各項規定，本人並同意皇冠文化集團得使用以下本人之個人資料建立該公司之讀者資料庫，以便寄送新書和活動相關資訊。

我的基本資料

姓名：______________

出生：______年______月______日　性別：□男　□女

身分證字號：______________（僅限抽獎核對身分使用）

職業：□學生　□軍公教　□工　□商　□服務業

□家管　□自由業　□其他

地址：□□□□□ ______________

____

電話：（家）______________（公司）______________

手機：______________

e-mail：______________

□我不願意收到皇冠文化集團的新書、活動edm或電子報。

●您所填寫之個人資料，依個人資料保護法之規定，本公司將對您的個人資料予以保密，並採取必要之安全措施以免資料外洩。本公司將使用您的個人資料建立讀者資料庫，做為寄送新書或活動相關資訊，以及與讀者連繫之用。您對於您的個人資料可隨時查詢、補充、更正，並得要求將您的個人資料刪除或停止使用。

◎請沿虛線剪開、對摺、裝訂後寄出。

◎請沿虛線剪開、對摺、裝釘後寄出。

皇冠60週年集點暨抽獎活動注意事項

1. 本活動僅限居住在台灣地區的讀者參加。皇冠文化集團和協力廠商、經銷商之所有員工及其親屬均不得參加本活動，否則如經查證屬實，即取消得獎資格，並應無條件繳回所有獎金和獎品。

2. 每位讀者兌換贈品的數量不限，但抽獎活動每位讀者以得一個獎項為限（以價值最高的獎品為準）。

3. 所有兌換贈品、抽獎獎品均不得要求更換、折兌現金或轉讓得獎資格。所有兌換贈品、抽獎獎品之規格、外觀均以實物為準，本公司保留更換其他贈品或獎品之權利。

4. 兌換贈品和參加抽獎的讀者請務必填寫真實姓名和正確聯絡資料，如填寫不實或資料不正確導致郵寄退件，即視同自動放棄兌換贈品，不再予以補寄；如本公司於得獎名單公佈後10日內無法聯絡上得獎者，即視同自動放棄得獎資格，本公司並得另行抽出得獎者遞補。

5. 60週年紀念大獎（獎金新台幣60萬元）之得獎者，須依法扣繳10%機會中獎所得稅。得獎者須本人親自至本公司領獎，並提供個人身分證明文件和相關購書發票（發票上須註明購買書名），經驗證無誤後方可領取獎金。無購書發票或發票上未註明購買書名者即視同自動放棄得獎資格，不得異議。

6. 抽獎活動之Deseno行李箱將由Deseno公司負責出貨，本公司無須另行徵求得獎者同意，即可將得獎者個人資料提供給Deseno公司寄送獎品。Deseno公司將於得獎名單公布後30個工作天內將獎品寄送至得獎者回函上所填寫之地址。

7. 讀者郵寄專用回函參加本活動須自行負擔郵資，如回函於郵寄過程中毀損或遺失，即喪失兌換贈品和參加抽獎的資格，本公司不會給予任何補償。

8. 兌換贈品均為限量之非賣品，受著作權法保護，嚴禁轉售。

9. 參加本活動之回函如所貼印花不足或填寫資料不全，即視同自動放棄兌換贈品和參加抽獎資格，本公司不會主動通知或退件。

10. 主辦單位保留修改本活動內容和辦法的權力。

寄件人：

地址：□□□□□

請貼郵票

10547 台北市敦化北路120巷50號

皇冠文化出版有限公司　收